元氣女仙我最嬌!!
竹某人◎著
MO子◎繪
芙蓉仙傳
U0073759

因天地靈氣而生的崑崙女仙，受眾神寵愛。

她個性活潑愛撒嬌，最愛煉丹製藥養靈參，但總是不斷出包、損毀公物，導致負債累累，最後被逼著下凡，以歷練之名工作抵債。

幫助李崇禮渡劫之後，芙蓉除了繼續種人參還債，還接了兼差工作，卻沒想到因此惹上一個大麻煩……

仙界水域水晶宮的六皇子，喜好賺錢和花錢享受，身上時刻流露著高貴的上位者氣質，行事更多的是高傲和霸道，對看不上眼的人連名字都不會記住。

此次因公下凡，遇上前來執行任務的芙蓉，看著芙蓉吃癟，他挺樂在其中；然而，芙蓉硬是不肯稱他一聲大哥，讓他頗為介意。

神秘的妖道分子，實力十分強大，被稱為下任妖王的最佳人選，卻讓妖王相當忌諱。

性格怪異，連身邊的部下也猜不透他在計畫著什麼；行事作風飄忽不定，並不信任身邊的人；對自己有興趣的事物十分執著，比如芙蓉。

雷震子

仙界天宮有名的天將之一，個性大而化之，總是揚著欠揍的笑容，以眾人頭號沙包及理財不善而廣為人知。

因為是旱鴨子，出任務時向水晶宮借了一顆避水珠，但偏偏在行進中弄丟了，結果任務無法完成，正在想辦法把失物找回來，以免要負擔大筆的賠償費。

歲泫

凡人。山中道觀老道士的養子，自小習慣了貧窮的生活，個性十分開朗單純，安於天命，在曲漩城外的山上過著自給自足的修道生活。

雖然生活清貧，但是很有骨氣，絕對不做占人便宜的事。自從遇見芙蓉和潼兒後，更是期許自己要努力修道以成仙。

哪吒

在凡間也是響噹噹的仙人，現在是天宮數一數二行事小心謹慎、待人恭謹有禮的模範天將，並兼雷震子的好友與專業善後人員。

因臉頰上留有一個蓮花圖騰的反骨表現，總是被生父李天王碎唸個不停，最討厭被李老頭威脅關小黑屋。

他是少數從芙蓉小時候就已經冠上哥哥稱謂的仙人。

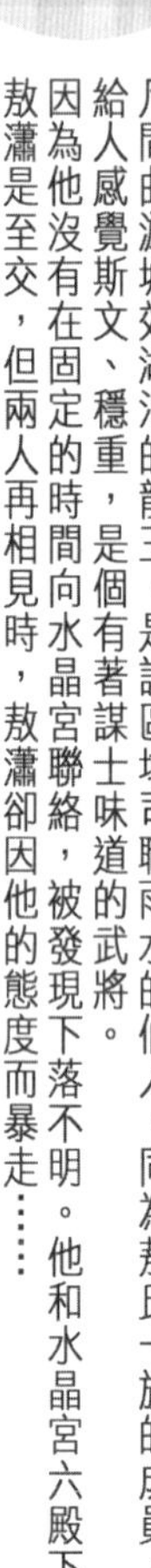

凡間曲漩城郊湖泊的龍王，是該區域司職雨水的仙人，同為敖氏一族的成員。給人感覺斯文、穩重，是個有著謀士味道的武將。因為他沒有在固定的時間向水晶宮聯絡，被發現下落不明。他和水晶宮六殿下敖瀟是至交，但兩人再相見時，敖瀟卻因他的態度而暴走……

仙界東方蓬萊仙島的主人，居於東華臺，統率紫府以及所有男仙，他的上司是玉皇，並與地府主事者東嶽帝君有深厚的關係。沒人能從他淡然的微笑下知道他在想什麼，興趣是無聲的出現在熱鬧場合中，觀看旁人發現他時的反應。對待芙蓉，似乎帶點莫名情感。

原是東華臺服侍東王公的仙童，未來紫府的後補勞動力，目前被派到芙蓉身邊，處於侍童、玩伴、出氣筒、好姐妹等等的角色。本以為芙蓉下凡後他能有一段平安日子，但事與願違的被東王公派了下凡，開始他欲哭無淚的凡間生活。

李崇禮

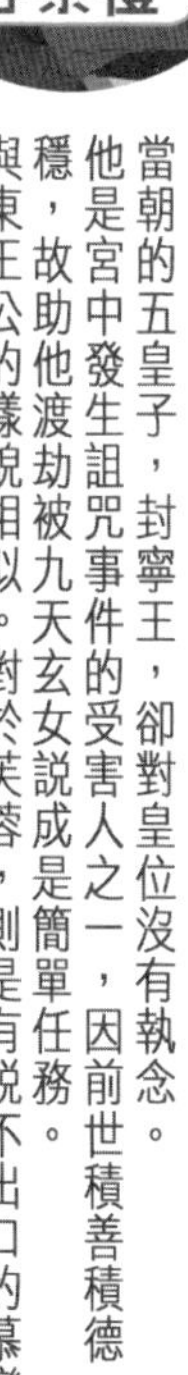

當朝的五皇子，封寧王，卻對皇位沒有執念。
他是宮中發生詛咒事件的受害人之一，因前世積善積德，今世應該享福一世安穩，故助他渡劫被九天玄女說成是簡單任務。
與東王公的樣貌相似。對於芙蓉，則是有說不出口的慕戀。

歐陽子穆

書香世家子弟，有功名在身卻拒絕入仕，待在寧王府輔助好友李崇禮。標準的讀書人，非禮勿視、非禮勿聽的功夫練得爐火純青。
把潼兒當妹妹看待，但態度上卻讓芙蓉不得不想歪。

塗山

修行達千年的九尾狐，外貌姣好妖媚，由於某種原因，長居於後宮賢妃的宮殿中，且十分用心的保護賢妃及李崇禮的安全，在仙界及地府有不錯的人脈。
他毫不排斥化形為女人，似乎還很樂在其中，時常把後宮的宮鬥情節當戲看，有時會作弄看不順眼的後宮妃子。目前喜歡上逗弄芙蓉和調戲潼兒。

目錄
芙蓉仙傳
元氣女仙我最嬌!!

第一章 敲敲妳的頭?

茶几上放著兩只造功十分精緻的茶杯，上面畫著細緻的山水畫，瓷質通透如玉，如果有充足的陽光，應該可以看得到杯中舞動的茶葉和茶色。這是放在店面上可以賣得一個高價的藝術品，但現在這上好的珍品，卻被寄住在這裡的食客拿來充當消磨時間喝茶嗑瓜子聊天時用的道具之一。

而這位一點也沒有瓷器鑑賞力的使用者，難得說出「茶杯就是要使用才能突顯出本身價值」的大道理，還說藏起來或者放在架子上是白白讓明珠蒙塵的行為。沒有人會想到芙蓉竟然能說出這樣的話語來，或許她把茶杯誤當是她放煉丹成品的玉瓶了——擺放著是好看，不過最重要的是要把東西放進去。

有好茶葉也有好茶具了，不過，現在卻沒有好環境。

暫時接管司掌曲漩一帶天候的敖瀟，這幾天非常忙碌。工作壓力加上心情鬱悶，讓他渾身毫無收斂的散發著一股生人勿近的氣勢，不說歲泫這樣的普通人走近會感到莫大的壓力，連芙蓉和潼兒也不想接近他。

委託他照看曲漩是一個嚴重的錯誤，芙蓉本來是擔心這一帶沒了司職天候的龍王，會在初春需要雨水的季節出現旱情，但現在卻出現了反效果——土地絕不會乾。

不過再這樣下去，大概有機會反過來變成凍土或是水澤地了吧？

曲漩的天氣變得陰晴不定，全是敖瀟帶來的影響，一個司職天候的高階仙人鬧脾氣又完全沒有考慮要抑制脾氣，明明冬末初春下些小雨就足夠了，敖瀟卻像是賭氣一樣直接下個滂沱大雨，他的情緒現在完全反應在曲漩城的每日天氣中。

晴時多雲偶陣雨已經很麻煩，這兩、三天的情況更嚴重，象徵春天來臨而開始潮濕的天氣倒退回去，氣溫急降令原本的濕氣直接變成霜雪，天氣冷得出門若不穿厚厚的冬衣絕對不足以禦寒。

唯一慶幸的是現在還沒到農民開始春耕的時節，不然才播下的種子或幼苗鐵定凍死，這樣的話，曲漩今年一定糧食欠收。

天色有點暗，但已經是用過早膳的時間，芙蓉和潼兒靜靜的並排坐在珍寶閣的偏廳中，這已經變成他們倆日常的例行活動。芙蓉已經向敖瀟提過，在救出浮碧的那一天，她明確的感覺到有人在監視著他們的行動。

在知道曲漩內有不知底細的妖道潛伏後，芙蓉沒事不想隨便外出；另外，也因為敖瀟的出現，使得她無法去找避水珠的下落……結果芙蓉每天窩在珍寶閣裡喝茶吃點心，又是吃又是喝的，缺乏運動之下，她的腰都快要粗上一圈了。

「我說潼兒呀……」芙蓉沒個端莊姑娘家儀態的模樣，單手支著椅柄、撐著臉頰，邊撐著臉邊說話。

他們二人中間隔著一張茶几，潼兒正伸手拿茶几上放著的點心，見芙蓉這樣，他不禁皺了眉頭，拿點心的手轉個方向，將芙蓉那隻把臉撐到快變形的手拉了下來。

「怎麼了？這個不是妳最喜歡的點心嗎？怎麼都不碰了？」一口茶一口點心，潼兒雖然不餓，但在新鮮又精緻的點心面前忍不了也要饞嘴一下。

「現在有些事在煩惱，沒胃口呢！」

「欸？」潼兒驚訝的飛快把剛才塞進嘴裡的點心吞掉，擔心的伸手探到芙蓉的額頭上。

「仙人不會生病的，不過潼兒你的手好冷，抱個懷爐比較好吧？」芙蓉反過來伸手摸了摸潼兒的臉頰，順帶掐了一把。

比起自己，潼兒更怕冷，已經像個凡人般穿得又厚又重，但手還是涼涼的，天一冷就出現手腳冰冷這毛病。這樣冰冷的手摸到自己屬正常體溫的額頭也會覺得過熱吧？但她真的沒有病，精神還算很不錯的呢！就只是有點悶而已。

潼兒狐疑的收回手放到自己臉頰上，和臉上的暖熱溫度一比，手指果然就像是凍僵了似的。

「那芙蓉妳到底在煩惱什麼？」確定芙蓉不是身體不適後，潼兒放下了心。

作為芙蓉下凡的同伴，潼兒希望盡自己所能做一個強力的後援，反正他的戰鬥力有限，最有用的就是充當肉盾，其餘就是照顧芙蓉的日常起居；除此之外，他還可以兼任聽眾的。

「唔……」芙蓉突然坐正了身子，一臉凝重又認真的看向潼兒。「潼兒你試試看找個什麼東西敲敲我的頭，看看可不可以做成失憶的效果？」

「……」潼兒呆呆的看著芙蓉認真的臉。這番話拆了開來，每個字他都懂，但組合起來卻讓他一時之間無法消化。

潼兒看著芙蓉悶悶的臉，腦中努力的重組字句，想要理解她的意思。

偏廳內的空間好像凝固了似的，會動的只剩下從香爐飄出的輕煙，淡淡的薰香明明應該讓人感覺放鬆舒適的，但現在潼兒已經無暇去感受了，他就像被天氣影響了般的凍結在原地。

「芙……芙蓉！怎麼可能做這種事啦！」總算把芙蓉的發言消化完的潼兒驚惶失措的跳下椅子、張開雙手擋在芙蓉面前，擔心要是不先一步攔著她，下一步她就真的會去撞牆試試了。

「果然不行嗎？」芙蓉遺憾的嘆了口氣。

「不行！絕對不行！」

「那就沒辦法了，要我自己助跑然後撞牆，成功率太低。」

「那也不可以讓我做凶手吧！」

「潼兒你用錯名詞了，我沒有叫你敲死我的。」

「難保不會失手的嘛！誰能保證拿硬物敲到頭殼上只會失憶而不死的！」潼兒氣急敗壞的提出抗辯，還好他還沒笨到聽信芙蓉的意見實行這種可怕的實驗。

「也是呢！但是我想要知道失憶會有什麼感想嘛！」雖然早已猜到潼兒的反應，但芙蓉仍是小看了他的緊張程度。

現在的潼兒不停的碎碎唸著敲頭不能形成失憶，企圖利用可能會導致其他不同的創傷後遺症來說服她放棄這個沒有建設性的念頭。

芙蓉已經放棄了，但潼兒不相信，還說她的信用現在一點價值都沒有，真是傷透她的心。

「芙蓉之前被姬英當成沙包打出去也沒失憶呢！」

「什麼沙包！我有反抗的！」芙蓉感到十分洩氣，撐著頭又再苦思起來。

「要是塗山在這裡，妳開口的話，我敢說塗山一定會敲，不過敲完之後芙蓉不會失憶，卻是會痛到哭。」

「對……得到這難得的機會我自己開口讓人打，他不打我就怪了。」

「就是嘛！所以芙蓉不要再想這種事了，妳先從想像的方向模擬一下失憶的情況不就得了？反正沒有人知道失憶是不是所有人都只有一個模式的呢！」

芙蓉點了點頭，把握時間即席想像起來。

想要知道別人失憶的感覺是很困難的，畢竟這種情況難以想像、揣摩，用言語也不一定能完全的表達出來。

閉起雙眼，芙蓉在腦海中假想了一個舞臺。那是她很熟悉的、屬於仙界的天空。

仙界的天空總是飄蕩著彩霞，即使是晚上，也會有一道道若隱若現的霞光懸掛在天空。

抬頭往天空看，七彩霞光就像女仙們掛在身上的一條條美輪美奐的彩紗披帛，這如幻似夢的天空不時會有乘著彩雲的仙人或是仙鳥飛過，對凡人來說這是一幅想像不到的美景。

芙蓉是看著這樣的風景長大的，從懂事開始，不論是天尊們的居處、玉皇的天宮，或是崑崙的瑤池金殿，只要一抬起頭，她總會看到相同的美麗景色。

可看習慣了就不會覺得這一片布滿彩霞的天空有多特別，那片美麗只是日常罷了。

即使住的地方不同，但都有著相似的共通點。從居處看出去是一片片精緻的宮殿屋頂，比凡間皇宮使用好上很多倍的琉璃瓦面反射著天空美麗的霞光，看著這些屋頂，以及穿著華美衣服的女仙們來來去去、精神奕奕的天官或是威風凜凜的天將們守在各個主要通道，仙界的生活對芙蓉來說，既多變卻又顯得平淡，每一天的日子都過得差不多。

芙蓉在仙界被人疼著的時間比被人惱著的時間多，會惱她的，數盡了手指頭大概也只數得出九天玄女和她的支持者一行人。對於和自己天生八字不合的玄女，過去芙蓉一直採取消極迴避主義，不理對方就好，認真的話她就輸了。

幸好芙蓉待在崑崙的時間不長，所以對自己居處環境印象最深刻的始終是天宮，還有天尊的玉虛宮。說不定東華臺在不久後也會被她住熟，然後發現什麼不該知道的部分……再接下來，她還可以搬去什麼地方呢？

發生過的事情、已經知道的事實，沒辦法像海水沖過的沙灘般回復原狀。

不對，被海水一次又一次沖刷的沙粒也不是原本的那些，已經發生的事終會留下痕跡。

芙蓉真的很在意自己在無意間發現了那些秘密的地方，每次想起她都覺得自己給照顧她的人添了麻煩，所以她才會主動的避開。現在她想要知道失憶是怎樣的感覺，也是出於這個原因吧？

但是她十分明白失去記憶也不等於事情沒有發生，也沒辦法抹去她曾經發現過的事。她和浮碧被動的失去記憶不一樣，她的心態有更多是出於逃避。

想像著自己什麼都不記得了，世界會變成一片白色，所謂的回憶變得空蕩蕩，沒有了對自己過去的認知，沒有了人生的歷史，四周只剩下一個白色的空間包圍著自己。

熟悉的天空和宮殿變得陌生，眼前可能認識的人會用擔心的眼神看著自己，但自己又想不起他們是誰。應該說那些是不是自己真正認識的人，也無從稽考。

失憶也不保證她不會和之前一樣發現那些不該發現的地方，這個假設對她而言是無用功吧？

而且，不知道眼前的人在過去是親密的朋友還是陌生人，這種感覺十分可怕。像龍王浮碧也沒想過自己有一天會突然失去記憶，把熟悉的主子視同陌路人吧！

若真的失憶了，芙蓉認為自己應該無法放心去相信別人說的自己曾經的過去。因為她無法判斷真偽，多疑和悲觀的想法會讓她覺得世界上沒有誰可以相信，所有人對她而言都是陌生人。

同時，因為過去的事全都不記得了，從失去記憶的時間點開始，自己已經和過去變成不同的人，想法說不定會不同，做事的方法也會變得不一樣，即使仍用同一個名字稱呼，但事實上那已經是另一個人。

芙蓉不由得笑了笑，她想到如果有人在失去記憶的自己面前說她以前炸了多少地方、身上有負債的話，相信她一定會在不可置信的不安情緒下疑惑的認為對方說謊，同時會動手打飛對方吧？

芙蓉相信打人的技巧靠著身體的自然反應就能做出來，和記憶沒有關係。

雖然只是想像，但失去記憶對芙蓉來說還是太痛苦了，她捨不得把她寵上天的天尊們、像老爹般囉嗦著她但也最疼她的玉皇、溫柔的王母，還有總是淡淡笑著看她的東王公，以及許許多多的人她都不想忘掉。

要是把他們都忘記了，自己的心裡會空洞洞的像是少了些什麼吧？

要是她什麼都不記得了，他們會不會還是像過去那般待她？

想到可能會發生的改變，芙蓉覺得很可怕。

那一位呢？他的態度又會如何？還會跟她說不要看到她哭嗎？

想得太過深入，不知不覺把自己完全代入的芙蓉鼻頭酸酸的，就只差眼眶還沒發熱。

「芙蓉？」

芙蓉走神只不過是很短的時間，見她發呆想事情，潼兒本來也沒多理，但當他看見芙蓉邊發呆邊紅了眼眶，他就不能坐視不管了。他拉了拉芙蓉的袖子，把她從想像中拉了回來。芙蓉有點茫然的看向潼兒，然後很有感觸的笑了。

「果然是件很可怕的事呀！」

「妳不要再想了，別想這種不吉利的事。」

「嗯。」芙蓉點點頭，她也覺得沒有必要再想了，剛才她只是很膚淺的想像一下就已經覺得很難受了，要是真的發生在自己身上，那絕對很痛苦，她大概理解到浮碧龍王的心情就足夠了。

回過神後，芙蓉拿起茶杯喝了口茶，茶仍帶著一點餘溫，但已不適合現在的天氣喝了。在換茶的時間，有兩個人走了進來。

歲泫跟著芙蓉和潼兒留在珍寶閣中，雖然衝著芙蓉的面子，敖瀟沒有吩咐掌櫃向歲泫要伙食費，亦把他視為客人看待，但是習慣了勞動的歲泫硬是讓掌櫃分配了一些工作給他。一番推讓之後，歲泫獲得的工作就是打理他們一行人的居處，所以早膳過後歲泫精神抖擻去幹活，也不讓潼兒幫忙，直到現在才忙活完。

現在歲泫跟在一位老者身後來到偏廳，大概是剛遇上，所以才一起過來的。

「哎呀呀！你們也在這裡呢！」老人撫著長鬍子、笑眯著眼睛走進來，芙蓉和潼兒連忙站起身來迎接。

老人，也就是龜丞相，是近期常駐的茶客之一，只是他身上大概也有和水晶宮聯絡的任務，不時會不見了人影，有時一整天待在珍寶閣動也不動，有時候又會一整天找不到人。不過長輩的去向，芙蓉再八卦也不會過問就是了。

「丞相爺爺，今天你也來啦！」

「呵呵！老朽這把老骨頭動一下才好，不然都要生鏽了。」

「丞相爺爺別說笑了。」

雖然龜丞相沒有行動不便，但見到老人，芙蓉還是習慣性的迎上去扶著；老人剛落坐，潼兒剛好送上一杯熱茶。

龜丞相很滿足的接過，白色的眉毛向上揚了揚，發現芙蓉眼睛紅紅的，本也不想過問小姑娘的心事，但老人看了看身後的凡人青年愣愣的太過老實，絕對是看到什麼就問什麼的類型，問問題恐怕也不會憐香惜玉。

這些小孩子討得他老人家歡心，要裝傻就由他裝好了。

「怎麼眼睛紅紅的？晚上都睡不好嗎？殿下這幾天火氣也太大了，真難為了大家。」

龜丞相才一說完，歲浤眨著一雙眼等待著答案，芙蓉不由得感激龜丞相的貼心，要是歲浤先問了，她還不一定立即想得到蒙混過去的解釋。

「是呀！睡不好所以打呵欠，眼淚都流下來了。」

雖然芙蓉說謊的技術很差，不過歲泫對這方面特別遲鈍，芙蓉和潼兒說什麼他基本都會信，不會多問什麼，聽到芙蓉說睡不好，他也不會懷疑。

「呵呵！這已經是第三天吧？」

他們四個閒人集合起來繼續坐在珍寶閣的偏廳中，後來的龜丞相和歲泫身上不約而同的穿上了更厚的冬衣，連帶潼兒也打了好幾個噴嚏，天氣明顯又冷起來了。芙蓉也忍不住搓了搓手臂，又動了小法術好讓炭爐的火燒得旺盛些。

別人不知道的還以為他們這些仙人的適應力倒退了。這原因全出於敖瀟心情不好，現在氣溫突然明顯下降，正反映著他現在的心情。要是持續下去，到了晚上應該就會開始下細雪了。

敖瀟的心情非常的糟糕，雖然他沒有以暴力表現來發洩他的滿腔怒火，原因是錯手打壞東西會產生金錢上的實際損失，所以敖瀟即使快氣壞了，也只是以散發出能凍結一切的寒氣來發洩。

越冷就表示敖瀟越生氣。

但敖瀟似乎忘記了，為了禦寒而多燒柴火也是支出的一種。

「歲泫，衣服還夠嗎？」從百寶袋摸出披風穿上的芙蓉一邊搓著手、一邊對歲泫說。

他們這個臨時組成的避水珠搜尋小組難得齊聚一堂喝茶，作為唯一一個凡人成員的歲泫，芙蓉老是擔心他繼續待在珍寶閣會凍死，他身上穿得快要把他包成一個粽子般漲得圓滾滾的。

雖然曲漩的冬天同樣會下雪，但那時的冷比不上現在敖瀟帶來的寒氣，更不用說寒氣是以珍寶閣為中心擴散出去的，他們就像在冰窖最中心生活一樣，要是不用炭火烤著水壺，隨便放一杯水在桌子上，不用一會兒，水面就會結上一層薄冰了。

「很足夠了。」

本來歲泫不想接受掌櫃提供的華美冬衣，他只要普普通通能穿的就可以了，但天氣實在太冷，而歲泫的個性也很易捉摸，掌櫃為避免在珍寶閣內冷死人，軟硬兼施的把店面的體面重任壓到歲泫身上，半強迫性的要他收下嶄新的禦寒衣物。

要是沒有這些禦寒衣物，歲泫真有可能會冷死。

「這麼冷，要是睡著就要凍死了哦！」芙蓉抱著茶杯說著有點不吉的話，雖然現在衣食不缺，不過一天不把敖瀟的怒火解決，曲漩城就不用指望春天會來了。

「芙蓉別說這麼不吉利的笑話啦！」潼兒不滿的說。他始終覺得禍從口出的，說出嘴巴的最好都是些吉祥話，不吉利的話語可免則免，也不要隨便亂說出口。

芙蓉和潼兒兩人就「吉利」這個問題討論著，外邊突然傳來「砰」的一聲巨響，這嚇人的聲音讓潼兒和芙蓉的討論無疾而終，因為大家不約而同的噤聲，四周變得靜悄悄的，過了一會兒再也沒有其他的動靜後，坐下喝茶的四人知道今天的例行降溫又告一段落了。

那巨響是摔門的聲音，芙蓉非常佩服敖瀟這麼生氣還可以恰好的控制著力道，既摔出巨大的聲響又不把門摔壞，還是珍寶閣在建屋時都用上了最耐摔的建築物料呢?那扇門被摔了不知幾次，竟然還健在。

「呵呵，老朽也沒有辦法，六殿下的脾氣就是這樣。」喝著老人茶的龜丞相動了動白色的眉毛，沒有移動過去看情況的意思。

「丞相爺爺，這樣下去不行的，敖瀟每天都在發脾氣，再惡化下去曲漩就有人要冷死了。」芙蓉滿久一段時間沒有對年長者撒嬌了，她一邊呼著白色的吐息、一邊踩著小跳步坐到龜丞相身旁，先乖巧的替老人添了杯暖熱的茶水。

「老朽愛莫能助呢!敖氏每位都是硬脾氣的人物，六殿下是這樣，浮碧也是，石頭撞石頭自然就是兩敗俱傷了，只有看看誰比較硬撞不死。」

芙蓉不由自主的抽了抽嘴角，這不負責任的話不應該是水晶宮資歷最老的龜丞相說出口的吧?

即使有難度，也得阻止他們爭吵下去吧？

「連丞相爺爺都沒辦法那怎麼辦？再這樣下去，浮碧只會越來越抗拒敖瀟了。」想了想，芙蓉還是覺得敖瀟和浮碧吵架算是水晶宮內部的事，最好是由內部的人來解決，所謂清官難斷家務事嘛！這種情況外人插手可能會越幫越忙。

「不如小芙蓉妳幫老朽去看看如何？見到這麼可愛的姑娘勸架，兩個人都會冷靜一點吧？」龜丞相一副笑呵呵的樣子。

芙蓉雖然不准敖瀟喚她小芙蓉、而且自己更會用小瀟瀟反擊回去，但對方是老人家的話，芙蓉就覺得無所謂了，以龜丞相的年紀，喚她一句芙蓉娃娃也綽綽有餘。

不過再敬老，如果提出的是有機會危及性命的要求，芙蓉還是會為自己抗爭一下的。

「丞相爺爺，我有種你把我騙去當炮灰的感覺耶？」芙蓉十分坦白的說。她真的很為難呀！再說敖瀟那傢伙會把她當成是可愛的姑娘家嗎？雖然他愛自稱「為兄」，但當人家兄長也不一定會覺得妹妹可愛呀！

「小芙蓉多慮了。妳放心，敖氏一族的男人不打女人。如果他們敢打妳，老龍皇事後會好好修理他們的。呵呵。」

言下之意是敖氏的女人會打男人嗎？她可以這樣理解龜丞相的話嗎？

龜丞相的話，讓芙蓉乖巧的面具出現了無法修補的裂痕，她才不信以她一個弱質纖纖的姑娘家跑去兩個本身是武將的男人中間勸架會沒事！龜丞相的保證實在令人懷疑，為什麼要用老龍皇會幫她出氣來做擔保條件！

龜丞相不是已經預想到她會被痛揍的下場了吧？還有，打完後老龍皇才出面，這也太遲了吧？

龜丞相又長又濃密的白眉毛下到底有沒有看到芙蓉哭喪著臉的表情，外人不得而知，但老人卻知道芙蓉不情願，他也不好用老人家的長輩身分壓她，哄小孩給點好處就是了。

一顆又白又大的珍珠從龜丞相的袖子溜出，老人把大珍珠以送大白菜般的態度放到芙蓉手上，嘴上說著給芙蓉當作零用錢。

「呵呵，小芙蓉快去吧！」

這顆出產自仙界水域的大珍珠如果換成仙石，數額也很可觀，為了讓她去勸架，送這貴重的禮物反而讓芙蓉不敢收，連忙就推回龜丞相那邊去了。

「我去一下就是了，不過不保證他們肯聽我說話啦！」確定老人拿穩珍珠後，芙蓉垂著肩膀、嘆著氣，模樣比知道人參賣不了錢時更有生意失敗的氣質，她完全沒信心那兩位天天一見面就會吵架的男子會乖乖聽她的勸說。

「芙蓉加油！我們會在外面等著，有什麼事妳大叫就可以了。」

潼兒一臉認真的替她打氣，不過芙蓉沒有看漏潼兒已經把一堆外傷、內傷用藥找出來了。他已經知道她此行凶多吉少，直接替她準備療傷用的藥物了嗎？

面對潼兒天真無邪的臉，旁邊的歲泫又是老實的為她打氣的樣子，芙蓉只有再嘆了口氣。

不怪他，芙蓉明白的，誰也不想正面去承受敖瀟的怒氣……誰教她是三人組的頭頭？領導者就是在這種時候發揮犧牲精神的嘛！

第二章 仙人也是會怕冷的好嗎！

目標人物有兩個，一個是敖瀟，一個是浮碧。

兩者之間，芙蓉對敖瀟的個性比較了解，雖還不至於連敖瀟想什麼都猜得出來，但起碼知道個大概。

而浮碧，她才認識了幾天，最大的問題是她認識浮碧時，對方已經失去了記憶，就像她自己的想像般，好不容易才讓受了重傷的浮碧理解了現在的情況和自己的身分，但問題卻出來了。

浮碧是仙人，一些皮肉傷自己能好得快，但現在的他卻動用不了仙氣和靈氣。用不了法術，萬一遇上敵人就只有赤手空拳來應付，浮碧對自己這樣的情況十分焦急，雖然他沒有說出口，但芙蓉知道浮碧本身的個性也是高傲的，他內心的驕傲不容許自己變成一個弱者吧？

所以芙蓉才想說要了解一下失憶有什麼感覺，是會和以前一樣同一種個性？還是變成完全不一樣的人？

芙蓉覺得不知道這些的話，自己就無法了解浮碧現在的想法。

可是她發現敖瀟完全不打算去理解，這樣浮碧不就很可憐嗎？什麼都不記得已經很慘了。

根據龜丞相透露，浮碧平時沒什麼太大的脾氣，但骨子裡的傲骨不比敖瀟少。他們兩個同樣都有高傲不易妥協的個性，芙蓉姑且在他們兩人之間簡單的分出一般難度和高等難度。

芙蓉十分明白凡事該由淺入深，所以要送死的話，絕對不會第一時間去挑戰剛剛才氣得大力摔門離開的敖瀟。

而且和說話會不留餘地、帶刺的敖瀟不同，浮碧對他們很客氣，應該不會遷怒她的。

來到那扇僥倖沒被摔壞的門前，芙蓉大大的吸了口氣，皮也繃緊了後，她小心慎重的輕輕敲了敲房門，預期中帶著低氣壓的聲音沒有出現，房間內根本沒有人回應。

是因為剛才和敖瀟吵完架，還氣在上頭嗎？

芙蓉把臉湊近紙窗上，只差還沒動手戳個洞，納悶的等了一會兒還是沒聲音，芙蓉開始懷疑房間內的浮碧是不是已經被敖瀟氣死……或是錯手打死了。

「浮碧大人，芙蓉可以進去嗎？」

為避免擔誤而出人命，芙蓉再次加重力道的敲了門，還是沒人應後，顧不得這算是擅自闖入別人的房間，她決定推門進入了。

芙蓉沒有用很大力就成功推開了沒上鎖的門，被某人用暴力摔過的門板發出有點微妙的聲音，但仍無礙開關。

她先是開了條門縫偷看，才看了一眼就發現浮碧正從裡面走到門口這邊，一頭帶著藍色光澤的長髮披在肩上，穿著武官風格的衣服，一身打扮清爽整潔，沒有被人打到臉腫鼻青，身上也沒有吐過血的痕跡，剛才他和敖瀟應該沒有動武。

看向門縫的浮碧微微皺起眉，湖水色的眼睛帶著問號般看著芙蓉。很快他就走了過去，正正的站在門縫前面，手抵在門上，沒有開門的打算，兩個人就隔著一條門縫你看著我、我看著你，氣氛十分尷尬。

芙蓉想如果現在裝傻說自己路過，然後當作什麼事都沒有的逃掉，能不能行得通？大概不能吧？剛才都已經自報姓名問人家能不能進去了。

從任何角度看浮碧和芙蓉，他們也只是認識了幾天的陌生人，芙蓉從不認為憑這樣淺薄的交情能勸得動浮碧不要和敖瀟爭吵。再說，芙蓉覺得挑起事端的一方極大可能是敖瀟那邊，領教過敖瀟那高傲嘴臉的人絕對會一致認同她的觀點。

「有什麼事嗎？」雖然帶著些許隔閡，但浮碧對除了敖瀟以外的其他人都是和顏悅色的，即使看得出他悶氣未消，但對芙蓉說話的語氣卻沒有一星半點的不耐煩。

「那個……方便讓我進去嗎？」浮碧的房間就是曲漩氣溫下降的中心點，只是在門外站一會兒，芙蓉已經覺得四周寒氣瀰漫不散，她手指都要僵了。搓了搓手，芙蓉擺出最無害的甜笑，等待浮碧開門讓她進去。

「房間裡面更冷。」

對比換穿了厚重冬衣的眾人，重傷初癒的浮碧表現得實在太健壯，那套武官風格的衣服只有刺繡的地方讓人感覺絲線厚實一點，而這一點點的厚實在寒冷天氣中只能用非常單薄來形容。

「我還可以的。不過再冷下去，我就得拜訪灶君來生個火了。」

不過，灶君應該會擔心得罪敖瀟，不敢明目張膽的來吧？芙蓉苦笑著，硬著頭皮邊說邊打了個冷顫。

見浮碧想要拒絕，芙蓉又連忙拍心口保證不會有問題。

浮碧苦笑了一下才開門讓芙蓉進去，門整個被推開時芙蓉看到了，在門軸上跌出了一些薄薄的透明碎片。

那是冰塊？不是吧……

雖然知道敖瀟凍氣的厲害，但今天總算見識到連屋子都要凍結的程度，不知道珍寶閣的結構從一開始有沒有把這一點算進去？

這樣凍住了又解凍，多來幾次的話，屋子也要跟著解體了。

一踏進房間，芙蓉果然感到一陣森寒，肉眼能看見的所有家具上都結了一層白白的薄霜，連桌上原本點了火用來溫茶水的小炭爐都凍結熄滅了。

不只客房的小廳結了霜，連裡面的床鋪和地板都是一片霜白，地板上有一點清理過的痕跡，剛才浮碧沒有應門，大概就是在清理吧？

芙蓉眼尖的看到床上的被褥被凍硬了，桌上的書也變得像石頭一樣，棉被和書本這些東西即使解凍也有了水氣，得讓太陽曬乾才能用了，但得在發霉前等到陽光普照的日子才行。

「現在沒有可以招待的茶水，待慢了。」

浮碧在芙蓉的注意力被桌上凍結的炭爐吸引時，他先一步把椅子上結了霜的坐墊拿開，順便拍掉了上面的冰屑。

雖然冷冰冰的直接坐上木椅不太舒適，但比坐在一個結霜的坐墊上強太多了。

「浮碧大人不要客氣，是我不請自來。而且剛才也喝夠了。」

芙蓉很乾脆的坐上浮碧準備給她的椅子，兩人都坐下後大家都沒看對方，視線仍是看著結霜的房間四周和地板。

芙蓉找尋著適當的開場白，到底要怎樣切入話題勸解浮碧不要和敖瀟吵下去呢？在與浮碧面對面時，芙蓉發現自己真的很難開口，因為她始終覺得即使兩個人吵起來，兩個人都有責任，那也一定是敖瀟的壞脾氣該負多一點的責任。

「芙蓉姑娘是為了敖瀟而來的吧？」

「更正一下，不是為了他，是為了大局。」芙蓉凝重正色的澄清了自己的出發點，要是被人誤會她是為了那個自認她老哥的人，她會冒雞皮疙瘩，渾身不自在的。

可惜，目前的狀況等同敖瀟的決定左右大局，但芙蓉就是不喜歡這種說法。

「敖瀟那個人雖然很難相處，但浮碧大人就大人有大量將就一下，和他好好相處吧！」被浮碧先打開話題，芙蓉覺得自己已經失去了主導權，勸說效果大打了折扣，現在也只好硬著頭皮把話題接下去。

「他的個性……」

浮碧說完這四字後沉默了起來，以無言的反應來表示他對後續的評價非常保留，甚至可以從浮碧的表情猜出他省略下來的部分應該是對敖瀟的負面感想。

「我明白。」芙蓉朝浮碧點點頭。

對她來說，眼前這位不知是否因為失憶而帶著疏離感的龍王同是受害者，同仇敵愾的芙蓉有種

想和對方不吐不快的衝動。

啊，那已經不算是衝動，她付諸實行了。

「敖瀟那傢伙平時就一副看不起人的樣子，頭總是抬高高的，雖然還沒用鼻孔看人，但他就不知道自己原本已經長得很高了嘛！身高差真的很討厭！剛認識他時，和他說話簡直要做好被語言傷害的心理準備，結果見過幾次之後，他沒經我同意就自認是我兄長，一見面就為兄、為兄的叫，很厚臉皮對不對？」

浮碧被芙蓉氣得臉頰鼓鼓的表情逗笑，他本以為這個女孩是來苦口婆心勸他的，誰知道才剛開始正題，竟然是她先數落敖瀟了。

角色反轉令浮碧真的想笑出來，但考慮到芙蓉說得非常認真，他也不好意思掃興。

「他的個性根本是矛盾的呀！」

話匣子打開後，芙蓉一口氣把對敖瀟的怨氣爆發出來。

雖然她碎碎唸了很多，但浮碧聽完後只感覺到那些不滿都是因為敖瀟彆扭的在關心眼前這個姑娘，那位殿下礙於高傲的個性，不願意放下姿態把話說清楚，所以浮碧認為芙蓉才會對敖瀟的觀感停留在找她麻煩的討厭鬼上。

浮碧不由得覺得敖瀟有點可憐，不過這份同情還沒強大到令他對敖瀟改觀，敖瀟在他眼中仍是個不友善、自以為是、又令人不快的自大傢伙。

「他一直都是那樣用命令式語句和別人說話的嗎？」

趁著芙蓉的話暫告一段落，浮碧突如其來的問了一句。

他聽芙蓉說了這麼久，那個凍結了的茶壺和炭爐也完全沒有融化的跡象，不過芙蓉現在已經不冷了，她說得興起，已邁入無懼寒冷的狀態了。

變成冰窖般的房間映在浮碧湖水色的眼中像是灰白的一樣，他對自己的過去處於一種無法掌握的狀態，但對於眼前這個把自己救出來的人的解釋，浮碧連自己都無法想像他竟然會這麼冷靜的全盤接受了。

正常情況下，突然有人說你是仙界的仙人之一，身懷神通，更是水晶宮龍皇派遣在凡間管理湖泊水脈的龍王，一般人只會一笑置之，反而懷疑說的人腦袋有問題吧？但是浮碧像是很理所當然的相信了這荒誕無稽的故事。

或許因為不是那個敖瀟來說明，而是眼前這個自稱是女仙的小姑娘，她努力的擺出一張老實的臉想讓他放下心，又或許是即使想不起來，浮碧心底仍對自己要做的事有印象吧？

所以他很合作的養好傷，也努力的想要恢復記憶。

不過他覺得每天敖瀟總會來打亂他的進度，即使他還躺在床上沒說上三句話，兩人就會吵起來，越演越烈，他沒想過自己可以吵架吵到吐血的。

「他是水晶宮的六殿下，習慣對人指手畫腳的吧？」芙蓉站起身移到浮碧的面前，深呼吸了口氣後擺出和敖瀟有八成相似的站姿，連神情都模仿得七分像。

雖然高度不足，但芙蓉還是做出了敖瀟喜歡用身高差看人的眼神。

「連本殿下也不認得你真大膽！」

最後芙蓉把女生的尖細聲音壓下，她對敖瀟高傲欠揍的語氣很有研究，一說完，浮碧忍不住笑了起來。

他的笑很爽朗，要笑就笑，沒有故意裝尷尬的樣子遮遮掩掩，這樣的態度讓芙蓉苦水吐起來特別暢快了。

「他每天都來命令我把事情想起來。」浮碧很困擾，這裡的所有人之中應該是他自己最想快點恢復記憶的吧？要是下命令就能恢復記憶，他早就對自己下千百個命令來試了。

「這是強人所難呢！」芙蓉了解的點頭，這種白目的命令絕對有可能出自敖瀟口中。

「他每次就是用那張欠揍的臉批評我為什麼還想不起來，我真想揍他一拳洩忿，沒有人比我自己更焦急吧？憑什麼他要用那嘴臉責怪我？」

浮碧說得很冷靜，活像這樣的話已經說過千百次，出口順暢得連一絲一毫的猶豫也沒有，聽得芙蓉囧著一張臉。

「浮碧大人剛才好像說了什麼令人感覺很可怕的內容，不可以的……敖瀟很小氣，被聽到會被秋後算帳呀！」芙蓉有點緊張的小聲說。雖然他們兩個在別人背後說三道四也不是什麼可取的事情，但她既然知道浮碧有毆打敖瀟的打算卻不去阻止，搞不好真的會出人命，現在浮碧只是個身體強壯的仙人罷了。

不過，這次和浮碧的交談也令芙蓉對敖氏一族的個性有更多的理解。

敖瀟已經不只一次表明過自己是浮碧的主子，浮碧沒有反對也接受了，但他卻又能順口說出想要痛揍主子的話。說不定同樣身為敖氏一族成員的浮碧骨子裡和斯文理性的外表不同，是個擁有潛在反骨特質的叛逆分子？

「但感覺這樣的事情已經發生過很多次。」浮碧抬手擱在下巴一副陷入沉思的樣子，不了解自己為什麼會有這樣的感覺。

芙蓉眨了眨靈動的大眼睛，她定睛看著浮碧好一會兒，連眉頭也不自覺的皺了起來。直到浮碧抬起頭，芙蓉為了避免自己目不轉睛盯著他瞧的舉止被發現，才轉開視線。

從浮碧眼中，芙蓉好像發現了什麼異樣，但她沒辦法下定論，想再仔細留意時卻發現那異樣的感覺已經一閃而逝，沒有再出現了。

「說不定很快就會記起來了，別太擔心。」

「也是呢！」浮碧笑了，不過笑容中卻帶著幾分勉強。

芙蓉知道自己說再多好聽的安慰話也是沒用的，那只會讓浮碧強顏歡笑的對她說自己沒事。怎麼可能會沒事呢！她連想像一下都覺得很痛苦了。

果然還是應該讓敖瀟改變態度才對！

※　※　※

敖瀟心情很不好，這惡劣的情緒大部分來自現狀脫離了掌控、事態發展完全跟預想不同。他作為水晶宮的一位殿下，對自己的能力有相當的自信，敖瀟從龍皇手上接過任務後雖然也預感不會簡簡單單就能擺平，但他從沒想過事情會卡到這個地步。

他習慣做事要有全盤的計畫，喜歡凡事在自己的掌握之內，浮碧下落不明時他想像過很多不同的情況，連最壞的打算出現了他也有應對的辦法。他發誓，萬一浮碧死了，他絕對要下手的人不得好死。

但是敖瀟沒有想到浮碧會失去記憶。當浮碧用看陌生人的目光看他時，敖瀟知道再這樣下去他會永遠失去這個兄弟。

他無法相信失憶這種莫名其妙的事會發生在一個位階不低的仙人身上，那根本就是不可能的。可即使他想找仙丹醫治，卻也是無從入手。

所以他靜不下心來，壓抑不住的煩躁令他表現得很惱火，那兩條最常挑起來配合睥睨眼神的眉毛現在傾向朝眉心靠攏，他這樣的表情加上不哼聲的負面情緒直接轉化成生人勿近的氣息，不必使出他天生的龍威，珍寶閣上下已經沒有人敢冒生命危險隨便接近。

不過，今天將會有一位勇氣過人的英雌閃亮誕生。

和浮碧的會談完畢後，芙蓉先跑去吃飽了點心再去找另一個目標人物，閒著沒事做的潼兒和歲浤跟著一起拍著心口說要為芙蓉壯膽，所以事情就變成這樣了。

領頭人物芙蓉身先士卒的走在最前面，充當打氣組的潼兒和歲浤在後面，三個人先用半蹲的姿態越過花園、悄悄的走到寶庫外，然後即將要找敖瀟對談的芙蓉透著凝重的一雙大眼睛，從紙窗上被戳出來的小洞偷窺著。

沒有看錯，芙蓉是真的用了最原始的方法偷窺。

芙蓉向潼兒解釋，這是看準敖瀟一定沒想到她會出其不意用最原始的方法打探，因為進出珍寶閣的除了客人是凡人外，其他全都是仙人，加上知道城內潛藏了敵人，敖瀟一定會對法術特別在意，所以芙蓉覺得要是她用窺視的法術偷看，不用幾秒就會被敖瀟發現了。

「其實我們沒必要偷偷摸摸的，光明正大敲門進去不也可以嘛？」

作為打氣組成員的潼兒很快就潑了芙蓉冷水，覺得實在沒有必要做出戳紙窗的行為。敖瀟沒說過要屏退左右，寶庫的門外也沒有貼上「內有猛獸、生人勿近」的警告標語，所以他支持直接敲門就好。

說不定待在裡面生悶氣的敖瀟正納悶為什麼都沒人來找他，因此實在沒必要特地找一把長竹梯到約有兩層高的氣窗偷窺。

「潼兒先別說話！」

站在長梯上的芙蓉焦急的制止潼兒說下去，她指了指紙窗的洞示意有動靜了；不過事實上，在下面扶梯子的潼兒和歲泫根本不敢抬頭，芙蓉做什麼動作他們都看不到。

雖然沒多少陽光，但現在是下午時分，珍寶閣仍在營業。掌櫃和伙計們在店面和前堂幹活，平時他們也會偷閒來花園吃個茶點聊聊天，不過現在即使有閒他們也會裝忙碌，甚至私底下約定俗成不要輕易去店面以外的地方，以防被敖瀟看到。

平常在敖瀟面前說錯話或被發現開小差，最多是被罰俸或是被他用鼻孔冷嘲熱諷一番。但時移世易，今時今日被敖瀟抓到絕對會小事化大，為他們迎來死無葬身之地的局面。

現在是非常時期，萬一引起了敖瀟多餘的注意是很危險的。

芙蓉也很擔心這一點，雖然她相信敖瀟真的不會對她做出痛揍的暴力行為，但惹怒了他，絕對有可能令自己莫名其妙的增加一筆欠帳。有時候敖瀟故意用探問的視線看她時，芙蓉就覺得他早就知道避水珠被雷震子弄不見了，只是故意不說罷了。

芙蓉很煩惱，既在意避水珠的下落，又擔心敖瀟提及過有關妖道的動向，還有雖然只是一瞬之間的感覺，但在花街尋找浮碧下落以及把他救回來的那天，芙蓉感覺到的那絲異樣令她無法安心，總覺得那道視線很關鍵。

可惜事後她卻無法追蹤到那一絲異樣的氣息，窺視她的人像是完全消失在天地之間般，這是不可能發生的事，太過不自然了！

她本來想和敖瀟討論這件事，但偏偏敖瀟從浮碧醒來後兩人天天一碰面就吵架，吵完後的敖瀟又生人勿近，讓她找不到機會說一說。

他們兩人之間的對峙用吵架來形容或許兒戲了點。

他們的每一字、每一言都是針鋒相對，芙蓉從他們之間的對罵中體會到什麼叫做以語言轉化成利劍和尖刀對砍，兵不血刃就是指他們兩個在表現的實際狀況了。若是換了芙蓉迎戰，相信還沒說到半句便已經敗得體無完膚。

所以敖瀟每次都青筋盡現的拂袖而去，被自己原來的下屬指著鼻子叫板的確是一個沉重打擊——他應該是覺得面子掛不住，丟臉到家了。

但浮碧畢竟是個傷者，敖瀟身分再尊貴，也應該遷就浮碧的。

從寶庫的透氣窗往內看，放眼看過去除了一個個架子頂外，就是鋪在上面的灰塵，要很巧妙的變換角度才能看到放在寶庫中央的那架子床，勉強還看到床上現在有個人。

這次的偷窺還好沒看到會令眼睛壞掉的東西，芙蓉瞇起眼睛看，在一層層床紗之下隱約看到應該是敖瀟的人影正靠在床上看書，姿勢很悠哉的靠著背枕，不像還在生氣似的。

突然應該在專心看書的人動了動，芙蓉下意識的縮了縮脖子、屏息以待敖瀟接下來有什麼舉動。當她等得手心都要發涼時，她發現自己的視線剛剛好對上了一雙冰藍色眼睛——敖瀟伸手撥開了那層層床紗，好整以暇看向趴在透氣窗外的芙蓉，等著看好戲。

「小芙蓉上次半夜偷偷潛來為兄的床邊，今天又偷窺為兄，要是傳……」

寶庫裡的敖瀟語氣很是無奈，只是他眼底絕對不是相同的情緒。他眼中滿是戲謔之色，根本就是說來作弄芙蓉的，而且效果還非常的好啊！

「呀呀呀呀呀……！」

一連串來自少女的慘叫把從寶庫裡傳出的聲音徹底遮蓋。同一時間，芙蓉用雜耍戲子般表演特技的詭異身手從長竹梯上迅速滑了下來，才著地又一溜煙的怪叫著衝往寶庫正門，門也沒有敲就用勢如破竹的氣勢闖進去了。

第三章 友情是用吵出來的！

竹梯子上已經沒有人了，負責在下面扶著梯子的兩人總算能抬頭往上一看，天空真是灰濛濛的呢！

收回視線，潼兒和歲泫不約而同看向芙蓉消失的方向，只見芙蓉化成一抹殘影消失在一聲狠狠關門的聲音後，花園只剩下一道道冷風吹過，以及芙蓉的怪叫所留下的詭異回聲。

「潼公子……原來當仙人不只要學法術，身手也要訓練到這麼靈敏嗎？」

被芙蓉的特技嚇得瞠目結舌的歲泫又抬頭看向梯子的頂端，他自問換了自己絕對不敢從那麼高的位置滑下來，即使他的膽子很大，但是這樣滑下來，手和竹子磨擦起來會很痛吧？要如何做才能把腳夾在梯子兩邊滑下來又不磨破皮？那種動作只要出一丁點差錯就會從滑下來變成摔下來，太危險了！

「那是經過專人訓練的，歲泫公子千萬不要模仿，會死人的！」潼兒正經八百的告誡著歲泫千萬不要試，同時又嘆了口氣。

下凡之後，芙蓉是不是開始有野性化的跡象了？

跑進山裡去抓仙獸之類的任務芙蓉也駕輕就熟，很輕易就融入野外生活了。

在潼兒眼中，剛才那一連串沒有停頓和遲疑的動作，和在山裡長大、一整天就在樹與樹之間跑跑跳跳只須一瞬就能爬上樹頂的孩子一樣。

連潼兒這個在仙人中年紀輕輕的仙童都已經對爬樹沒有興趣了，芙蓉好歹是個女仙，也不是野孩子要頑皮的年紀，再這樣野性化的話，回到仙界改不了就糟了。等事情過後，他一定要找個時間提醒芙蓉不能再出現剛才那樣的舉動才行！

他知道芙蓉可能會抱怨，但總比放任不管讓她被帝君抓住說教好吧？

潼兒很少直覺認為某些事必定發生，但他有預感若芙蓉再不注意的話，在不久的將來她會被帝君罵得很慘。要是預感成真了，芙蓉鐵定會哀怨的埋怨他為什麼不早早提醒……擔當照顧她的仙童也真是左右為難呀！

仙童老成的搖頭嘆氣了一番，他走近寶庫大門、窺聽了一下動靜，確定沒有開戰打鬥的聲音後又等了一會兒。

天氣寒冷讓怕冷的他不禁搓了搓冷僵了的手，連他都覺得這麼冷了，想必歲泫也一樣吧？和八卦相比，潼兒決定先躲回屋裡烤火取暖，反正他和歲泫從一開始只是跟來打氣的，現在主角上場去了，他們也該退場了。

「歲泫公子，我們先回屋裡等吧！」

葳泫點了點頭，但要走時又擔心的回望了寶庫幾眼。

「芙蓉不會有事的，最多就是被六殿下氣得牙癢癢吧！」

「真的會沒事嗎？」曾被敖瀟的威壓弄得昏過去的葳泫，對那位高傲的仙人始終心存忌憚，擔心芙蓉會被心情不佳的敖瀟當成出氣筒了。

「不會有事的。據我所知，現在仙界中除了東嶽帝君和地府的主子們像天敵般會讓芙蓉退避三舍之外，其餘的仙人們芙蓉都有辦法套套交情。六殿下既然自稱是芙蓉的兄長，最多就是損她一下，不會真的對她動手的。」

潼兒還有些是沒說出口的——誰敢對芙蓉出手，第一個關卡就是要扛得住玉皇的報復，那一位生氣起來即使明著不能動你什麼，暗地裡讓你不好過也夠慘了。

敖瀟這麼聰明，不可能沒想到這一點。

「這樣的話就還好……六公子他不生氣也已經很可怕了，要是直接面對狂怒的他，感覺真恐怖。」葳泫抽口冷氣，拍了拍自己的胸口。

「這方面我敢說芙蓉天不怕地不怕呢！連崑崙的筆頭女仙九天玄女，她都敢反抗，要是六殿下過分了，芙蓉也不是省油的燈。」

「姑姑的實力很強？」歲泫回想一下，自己還沒見過芙蓉出手的模樣呢，反倒是敖瀟輕易的讓天候反常就見識過了。

「不……是她有很多實力很強的朋友和後臺。」

潼兒隨便數一數就已經能數出一堆歲泫耳熟能詳的仙界人物，他到這刻才覺得，這兩個意外遇到的女仙和仙童真的是很不簡單的人物。

※　※　※

背靠著寶庫的門板，芙蓉臉色又白又紅的狠狠瞪著那個在重重架子之後的人影。

一看到他那很愉快般的表情，芙蓉簡直要氣炸了。

「妳來不是有事找為兄嗎？」敖瀟一雙眼睛帶著笑意，還伸手拍了拍手邊的位子。「說吧！為兄心情好的話，說不定不用任何條件或報酬都會幫忙呢！」

雖然天陰，但好歹也是白天，寶庫內光線充足，和芙蓉上次潛進來的時候是兩種完全不同的感覺。芙蓉記得上次來寶庫時中央有一張豪華的架子床，今天架子床仍在，上面仍是用著很矜貴的紗帳床品，但是當芙蓉走到寶庫中央時，她覺得四周的架子排列比上次密集了些，數量是沒變，可架子之間的距離變小了。

原因好像是因為住在這裡的敖瀟的私人物品增加了。

不只最佔空間的豪華大床，現在連茶桌組、花瓶和屏風之類的都弄來了，日用品越來越完備，寶庫的空間已經完完全全變化成敖瀟的安樂窩。

「你不是心情不好嗎？難道你是把戲弄我當成舒壓手段？」

剛才嚇出了不少冷汗的芙蓉好不容易定了定神，現在心定下來了才回想到自己做出了多麼可怕的高難度動作。

看看敖瀟現在悠哉的挨著床上靠墊看書品香好不寫意，他剛才完全是好整以暇看著她驚慌失措的趕來，就因為她會怕他打算向東王公亂說什麼！

「為兄的心情是不太好，但也沒有芙蓉想像的那麼嚴重。」

敖瀟的表現和芙蓉想像的完全相反，嘴巴在說心情不太好的同時嘴角卻又帶著微微笑意，上午和浮碧吵架的景象就如同幻覺一樣變得不再真實。

情況太過詭異了！

芙蓉狐疑的皺著眉頭、嘟著嘴，觀察著敖瀟的四周，難道他和浮碧吵完架後一直待在這裡看書打盹嗎？不過，他人雖然就靠在豪華大床上，但衣衫很整齊，不像剛剛睡醒。

芙蓉今次也是開了眼界，原來敖瀟是那種愛脫了鞋襪窩在床上看書的類型，大概是看累了能很方便拉過被子就直接睡吧？她的視線好奇的轉到敖瀟在看的書上，她發現敖瀟在看的竟然不是和帳本或有關賺錢的書，而是一疊出自仙界的書籍。她有些狐疑，難道敖瀟和自己一樣出門都帶著一系列的指南書嗎？

湊近過去一看，芙蓉認出其中一本是介紹妖道人物的人物誌。

芙蓉知道有這類的書籍存在，但沒看過，她以前接觸到的都是一些和法術、煉丹等相關的典籍。不過，沒看過不代表不知道，這種人物誌並不歸類在一般資料藏書的範圍，而是屬於天宮的正式文件檔案。

也就是說，敖瀟正在看的是天宮裡的資料，說不定是和這次事件背後黑手有關的資料檔案。

芙蓉知道自己不應該偷看，這些文件檔案不是她一個小女仙能看的東西，但是東西就在眼前，她眼睛像抽筋般想移開視線，可心裡又想看，結果就用這彆扭的狀態偷瞄到敖瀟正掀到的一頁。

匆匆一瞥只看得到一個大概，但或許這人物誌本身也是資料不齊全的關係，芙蓉剛才那一眼只看到其內容活像人形版山海經，不……說不定更糟糕。相信即使把整份文件塞進她手中仔細的看完，她也無法從抽象的字句和詭異的畫像中把該人物的真實外型想像出來吧？

反正是不能開口借看的資料，芙蓉很快失去了好奇心，她裝作沒看到這份文件檔案，而敖瀟也把資料全都收了起來。

「珍寶閣已經成了曲漩一帶寒流的中心點了，敖瀟你都不會收斂一下嗎？還有，浮碧大人的房間完全被你凍得結霜了。」

「是嗎？現在的天氣還不算冷吧！」

「這解釋好爛喔！」芙蓉一臉鄙夷，天氣明明就應該開始變暖了，罪魁禍首還在推卸責任。

「有些事情是必須要擺出一個姿態的，為兄太過沉隱內斂會讓敵人很沒成就感。換了是芙蓉，妳在做了這麼大的一場戲後竟然連對手的一絲情緒都挑動不了，也會很鬱悶吧？」

「我不會做這麼無聊的事。」芙蓉不假思索的擺了擺手，她無法理解為什麼要這麼顧慮敵人的心情。既然敵對了，不是應該要傾盡全力做些會令對方不快的事嗎？

「真是遺憾。」敖瀟可惜的一笑，無視了芙蓉探問的眼神，沒有再解釋更多。

「當我了解你是故意干擾天候好了，你就不能對浮碧大人和善一點點嗎？老是吵架，對事情一點幫助都沒有吧！」

雖然沒有得到寶庫主人的同意，但覺得對話不會太快完結的芙蓉自行在床邊的椅子坐下，先深呼吸口氣，準備正經八百的和敖瀟以道理一決高下。

知道芙蓉這次來找他的目的，敖瀟很配合的跟著擺出一個比剛才多了幾分認真的表情，不過同一時間，他的薄唇微微勾出一個略微愉快的笑容——與其說他的表情認真，倒不如說是他勝券在握的感覺。

他很有自信芙蓉一定說不過自己。

敖瀟在床上換了個姿勢，比剛才坐得更加愜意，問：「和善一點？我對他有什麼不好嗎？」

「那也叫好嗎？如果你真覺得沒問題，那一定是你的認知出現錯誤了！」芙蓉不可置信的看向敖瀟。

看看他反問了一個什麼問題？有什麼不好？那是非常不好吧！

「那是為兄跟浮碧一直以來的溝通模式，為兄認為浮碧骨子裡完全沒有忘記過呢！雖然說失去了記憶，但回嘴還是一樣的快狠準。」

芙蓉本來已經打算一邊點著頭、一邊細聽敖瀟的辯解，這樣的表現好像很用心在聽嘛！所以當她聽到自己完全沒有想像過的回答後陷入了短暫的混亂，她先是考慮自己是不是耳朵出了問題聽錯？還是因為精神不好導致幻聽了？

「我剛才是不是聽錯了？還是我的理解能力出了問題？你說那是一直以來和浮碧大人的溝通方式？」芙蓉的神情比剛才更凝重了幾分，事關她懷疑自己腦袋出問題了，不得不慎重面對。

一臉緊張的芙蓉把敖瀟完全逗笑了，他難得張狂的笑了幾聲，無視芙蓉臉色由一開始的又紅又白轉為鐵青了。

「芙蓉完全不用懷疑自己理解錯誤，為兄和浮碧一向都是這樣的。」

「怎麼可能！」芙蓉怪叫了一聲，她頭痛般按了按一邊的太陽穴，心想不是人不可以貌相到這地步吧？有著那般智將氣質的人，也會和人吵嘴吵到臉紅耳熱？

這個出人意表的答案讓芙蓉震驚之餘又不能接受，事情怎麼可能如此滑稽？既然敖瀟和浮碧一直都是用針鋒相對作為溝通的橋梁，那龜丞相怎可能不知道！怪不得他一出手就是一顆巨大的珍珠，那是明知道結果卻讓她去送死的補償吧？早知道就安心收下了！

芙蓉的表情變化太多，看得敖瀟又笑了笑。

「由此可見，浮碧的失憶並不是完全的，他沒有忘記一直以來的習慣。連刺激都不用，他就像以前一樣不停的頂嘴了。」

「你就是為了證明這一點，所以連續三天不停的去挑釁對方嗎？」芙蓉無言的看著敖瀟，珍寶閣上上下下這幾天提心吊膽的就是為了敖瀟要做實驗？

「很見效不是？」

「我始終覺得你生氣不是裝出來的。」

敖瀟現在自信的笑臉和他生氣時簡直判若兩人，不知情的人更是無法把現在一臉笑容的敖瀟和把客房凍得冰天雪地般的肇事者聯想在一起。

敖瀟不說話，芙蓉自動解釋成他丟不起這個臉而動氣了。但芙蓉的表情早就出賣了她的心思，敖瀟一看她嘴角想笑不笑的就知道她在想什麼了。

「作為下屬，向主子嗆聲成何體統？」

敖瀟說這話時，芙蓉真的忍不住勾起嘴角，他的語氣和在鬧彆扭的孩子有什麼分別！芙蓉沒有忘記剛才也是敖瀟自己說的，他和浮碧一直以來都是那樣子溝通，但這位現在說著「成何體統」的主子卻一直沒有懲處這以下犯上的部屬？

他可是氣得連門板都摔了不只一遍呀！

芙蓉越想就覺得越好笑，這是難得可以揶揄敖瀟的機會呀！

但芙蓉卻很怕死，她不著痕跡連人帶椅的向後挪了挪。敖瀟剛才皺了一下眉，她這才驚覺自己打開了一個不能開的盒子，盒子裡是不能發現、張揚的可怕秘密。

這秘密說不定比發現玉皇暗藏私房錢的箱子更可怕。

難怪仙人們都說水晶宮姓敖的主子們難相處，除了因為他們天生心高氣傲之外，每一個都個性乖張才是主要原因吧？

不過怎樣也好，敖瀟擔心浮碧安危的心情沒有作假，只是芙蓉自己對敖瀟和浮碧的友好想像完全崩潰掉罷了。

愛吵架也是朋友，他們的交情說不定深得雙方出盡全力吵架也不會真正反目吧？

雖然這種友情芙蓉暫時無法理解，也不希望自己會和別人以這種形式來維繫友情，這很累的。

說起來，她和敖瀟每次見面也會鬥嘴，原來不是她有問題，而是敖瀟的獨特交友方法，難怪他的朋友那麼少。

芙蓉臉上藏不住心思，敖瀟氣得牙癢癢但沒有開口點破，暗暗的把這筆帳先記下來遲點再算。

輕咳了聲，宣告先前的話題告一段落，敖瀟硬是把話題扳到正事上了。

「為兄認為浮碧的記憶不是丟失，而是被封住了。」

敖瀟靠在墊子上一手托住頭，像是打開了窗子看到今天是陰天後直接說出定論般沒有一絲疑惑，這樣的篤定讓芙蓉第一時間皺起了眉頭。

「雖然我也希望浮碧大人早點恢復記憶，但你這個猜測沒有根據吧？」

芙蓉不是那種別人說什麼就立即相信的單蠢女仙，她一聽到敖瀟的定論，便馬上從自己學習過的法術或是看過的書籍中尋找可以佐證的。當中有一些法術可能做得到這種效果，但浮碧是個位階和實力都不低的仙人，這類法術要在他身上奏效，那施法的人到底有多強的實力？

單憑這一點，傷害浮碧的人已經比芙蓉在京城遇過的姬英強了。姬英已經是個不好對付的千年女妖，但她也做不到這程度，今次的敵人太過可怕了吧？

「但也沒有辦法證明浮碧是完完全全失去記憶而且無法尋回吧？以龍王的仙階和浮碧的實力，現在的狀況絕對是被動了手腳的可能性比較大。」敖瀟繼續說著。

「也是呢。」

「芙蓉覺得目的為何？」

芙蓉苦思了一下，現在已經可以確定浮碧本身也是個烈性子，加上他們敖氏一族的個性，若和敵人打起來，萬一打不過也會寧為玉碎、不為瓦全。但是敵人卻不一定這樣希望，因為浮碧一死，事情就會立即曝光，瞞不下去。

仙界正式派遣下凡間的仙人一旦死亡，一定會立即驚動天宮。而敵人從一開始到現在的行事作風和態度，都讓人感覺得到他們不想在這個時間點弄得人盡皆知。

所以浮碧既不能死，又不能讓他活蹦亂跳的跑到天宮報訊。要滿足這些條件，也只有做到不殺他、但又能封住他的嘴。時間也不用維持很久，或許敵人只是需要一點點的時間，所以才會在襲擊龍宮後擄走浮碧，先做成下落不明的狀況，之後如同敖瀟推測般的封住浮碧的記憶，敵人拖延時間的目的就達成了。

事實也是如此，從龍宮失聯的消息傳出開始到他們把浮碧救出的這段日子，全是敵人為自己賺到的時間。

聽完芙蓉的意見後，敖瀟會心微笑的點點頭，她說的和他想的差不多，可見芙蓉腦筋轉得也算靈活。她跟在自己身邊參與了這件事，敖瀟便不得不著眼讓她學著有所防備。她是不需要懂得用過多的心眼來算計，但要懂得看大局來保護自己——這些事他直接告訴她是沒用的，最好是讓她自己想出來。

「不過為兄坦白說，敵人的手法還沒辦法弄清楚。」作為結論，敖瀟無奈的呼了口氣。

「你不是說笑吧？水晶宮的六殿下這麼坦白承認無能好嗎？」芙蓉驚愕的瞪大了眼睛，她懷疑今天所有的事情其實是敖瀟特地安排來整她的，好讓她覺得自己的腦袋或耳朵出毛病。

「芙蓉妳在驚訝之下好像說錯話了。」敖瀟的額角即時彈出一個井字青筋，士可殺不可辱！被人當著面批評為無能實在難忍，敖瀟認為自己現在還能勉強勾起嘴角已經很厲害了。

「人……人家一時嘴快而已！因為你今天嚇了我太多次，讓我虛弱的心臟不勝負荷。」芙蓉縮了縮脖子，那兩個字一出口就知道收不回來，只能硬著頭皮蒙混過去了。

敖瀟沒有出聲，他只是默默的下了床、理了理衣衫，由始至終都背對著芙蓉。她好像看到敖瀟的肩頭大大起伏了幾次，情況有點不妙。

到底為了無能這兩個字，敖瀟會向她追討多少名譽損失或是誹謗賠償？他要是開口還好，她才有討價還價的餘地，但他卻沒有！他這麼壓抑的轉過身去深呼吸很恐怖啊！一定會有什麼不好的事情發生的！

一定要逃，在敖瀟獅子大開口之前一定要先逃出去！

這個念頭伴著從額邊滑下的冷汗催促著芙蓉的腳步，當她趁著敖瀟還沒轉回身、自己想像貓咪般無聲閃身到放滿珍寶的架子後方做掩護離開時，世事就是如此戲劇化，偏偏她行動最鬼祟的那一刻敖瀟就轉回身，手一伸，她就真的像隻小貓般被人提著領子拎出去了。

第四章

我們真的是無用之人嗎？

敖瀟提著芙蓉的領口往外面拖，越過花園、踏進渡廊時，芙蓉怪叫著抓住一根柱子抱著，敖瀟用力拖，她就更死命的抱著柱子不放，兩個人就在走廊上不成體統的拉拉扯扯起來。

「敖瀟你想拉我去哪裡！」

芙蓉一手出盡吃奶的力抱著柱子，另一隻手努力的想把敖瀟抓著她領後的手拉開，偏偏敖瀟就是鐵了心不放手，手指像鉗子般扳也扳不開。看樣子再這樣的爭持下去，先遭殃的會是芙蓉身上的衣服。

「反正芙蓉現在很閒不是嗎?事不宜遲，我們出發去湖底吧！」

事實上，敖瀟等著芙蓉主動找他很久了，現在逮到這樣的機會便說明了自己的猜測無誤，接下來就是查證了。

雖然帶上芙蓉不一定有什麼實際上的幫助，但是放她在珍寶閣，敖瀟實在無法放心，要是他一走開敵人便向珍寶閣襲擊，不就壞事了?

敖瀟雖然沒表現出來，但從芙蓉在花街說過有可疑的視線開始，他就一直留意著這件事，可是對方的潛伏徹底得連他都找不出來，敖瀟便只能把芙蓉放在視線範圍內，這樣若發生什麼事最起碼他可以及時反應。

不是說珍寶閣內的其他人不重要，但不同的人有不同的分量，敖瀟自問沒辦法每一個都顧好，只能挑重要的來顧了。

浮碧的安全他並不擔心，既然對方故意把他放回來就不會特地再來抓他；而龜丞相，他已經吩咐對方沒事就先回去，不要長時間待在這裡。

至於跟著芙蓉的潼兒和歲泫，敖瀟只能說他們兩個與芙蓉的重要性對比之下，實在差太遠，真的把他們也帶出去只會成為負擔。要是平時，敖瀟早就把這醜話說出口，不過要是真說了，芙蓉一定對他反感。只要他們待在珍寶閣不亂跑，相信現階段敵人也不會突然直搗黃龍，他們暫待珍寶閣應該是安全的。

芙蓉沒有敖瀟想得這麼多，她只是在反抗敖瀟的霸道，哪有這樣逼迫別人就範，簡直就像是惡霸強搶民女一樣！

他們兩個的爭持擾攘了好一會兒，芙蓉的怪叫和敖瀟的催促差不多響遍整個珍寶閣，待在店面的伙計心裡好奇卻不敢來看熱鬧，但寄住在這裡的人可不同。

渡廊的轉角處傳來了複數的腳步聲，敖瀟一聽就認出其中一人是浮碧，跟在後面步履稍亂的是那個凡人還有仙童。如果現在跟他們碰面、讓他們知道自己要帶芙蓉到湖底龍宮一趟的話，恐怕會吵著說想跟著一起去。

浮碧是湖底龍宮原本的主人，他說要一起去本是天公地道的事，不過敖瀟認為現在不是時候讓浮碧回去龍宮。連自己也掌握不了龍宮現在的情況，要是龍宮的狀態真的很淒慘，不就是讓浮碧突然直接面對了？

他們是習慣以舌戰溝通，但溝通方法無礙他們的交情，敖瀟會盡力避免自己好兄弟受到傷害的可能性。湖底的情況他必須先一步確認，待情況許可了他才會讓浮碧過去。

在敖瀟的蠻力下，芙蓉那條纖細的手臂最終抵抗不了，而且芙蓉懷疑，再拖下去敖瀟的容忍度耗盡時會狠手把柱子切成幾截，直接讓她抱著柱子的殘骸跟他出去。

珍寶閣的房子已經被冷熱溫差大大增加了變成危樓的可能性，如果再被敖瀟隨便的砍柱子，不就是加速房子敗壞倒塌的速度嗎？

敖瀟果然眉頭一皺，眼看就要出手，芙蓉連忙出聲阻止他。

「不管如何我出去之前一定要向潼兒交代一聲的！」

敖瀟張了口本想否決芙蓉的要求，他急著帶她出去就是不想潼兒他們纏著要跟，但想到潼兒的主子是誰，敖瀟又無法強硬下去。畢竟潼兒是東王公派來幫助芙蓉的仙童，不管仙童本身實力如何，他硬是不讓芙蓉向仙童說一句就是不給東王公面子了。

很快渡廊那頭跑出了幾個人，先是潼兒緊張的跑了出來，接著是浮碧，最後才看到歲泫慢了一步跟在後面走出來。

三個人一看到敖瀟和芙蓉拉拉扯扯的樣子都不由得一愣，而浮碧的視線很快移到敖瀟的手上。只見這個重傷初癒的青年眉毛一挑，湖綠的眼睛一瞪後立即大步走向敖瀟和芙蓉的方向，雙手一伸，一隻手用來扶著芙蓉，一隻手用來拍掉敖瀟的手。

「謝謝……」

最後一個字的尾音還沒在空氣中消散，被解救出來的芙蓉已經被浮碧拉到身後，而前方轉眼已經變成浮碧對戰敖瀟的舌戰戰場。

芙蓉不想被那些殺人不見血的對話內容捲入，既然暫時脫身了，她撩起裙襬輕手輕腳的走到潼兒和歲泫那邊，簡單的交代了剛才敖瀟的打算。

「會不會太危險了？」

一聽到敖瀟說現在就要帶芙蓉去湖底一趟，潼兒表現得十分擔心，無意識的手已經拉住了芙蓉的袖子。

潼兒沒有忘記東王公的吩咐，他下凡來除了也是東王公讓他歷練，最重要的還是要幫助芙蓉。雖然潼兒自問自己的實力太低，只有靠東王公給的臂釧去做肉盾，但他既然待在芙蓉身邊就有責任阻止她去做危險的事，真的阻止不了他也要跟著去，萬一發生什麼事的話，他才能作為肉盾產生作用吧？

今次和在京城時不一樣，他不用待在王爺的身邊防著，但潼兒還是覺得芙蓉不會帶他一起去，他難免有一種芙蓉覺得他幫不上忙的感覺。潼兒心底知道芙蓉不會這樣想的，但想著想著這個念頭就是會冒出來，讓他的心情變得忐忑不安。

潼兒現在心跳得很快，感覺很不踏實，表情變得凝重起來，看得芙蓉心驚了一下。

知道打哈哈無法蒙混過去，芙蓉不由得收起了笑嘻嘻的表情，換上一副有點姐姐氣息的認真神情，她拉起潼兒的手拍了拍，正想說些安撫的話，但潼兒卻堅決的搖頭。

歲泫在一旁同樣搖了搖頭。以一介凡人的身分與認知，他無法理解事情的危險性會到達何種程度，但這幾天聽了這麼多的說明，他還是知道個簡單的大概，他也覺得實在不宜冒險。可是他卻無法提出更好的理由去阻止，因為他自己在整件事中沒有什麼作為，多嘴了反而會令他有一種自慚形穢的感覺。

他的意見對事態無用武之地，也輪不到他提供意見。

「雖然可能有點危險，但我保證會很小心，有什麼事發生一定會先推敖瀟出去的。」

說不想去看一看是騙人的，她的腳早就插了進去拔不出來。既然要參與，就要知道該知道的事。考慮到武力問題和未知的危險，芙蓉都覺得自己可能成為敖瀟的包袱了，再帶潼兒實在沒有把握保護好對方，只能勸他留在珍寶閣等了。而且潼兒和歲泫在一起她也安心，有什麼事發生，潼兒身上帶的寶貝足夠他們二人自保。

但即使芙蓉一臉自信滿滿的樣子、還列舉出更多讓潼兒安心的理由，小仙童仍是把嘴脣抿成一直線，緊皺著眉頭，眼眶紅紅的十分委屈。

芙蓉的說謊技巧很差，連帶說服別人的技巧也不太好，她自以為能讓人安心的表情看在和她幾乎朝夕相處的仙童眼中，其實滿是苦惱。

看到這樣的她，潼兒咬著下脣、垂下了頭，問：「真的不能帶我一起去？」他說完，不知是深呼吸了口氣還是嘆了一口氣。

一旁的歲泫有些擔憂的看向潼兒。

潼兒那像是蚊蚋般的詢問小聲到讓人不易察覺，而理當回答的芙蓉偏偏正埋頭想著要怎樣說服潼兒，並沒有留意到潼兒這幾不可聞的請求。

但歲泫是實實在在的聽到了，他覺得自己有一點明白潼兒的感覺，所以沒有提醒芙蓉。而從潼兒這句微弱的詢問聲中，歲泫可以感受到潼兒鼓起的勇氣、無奈的心情還有不甘。

潼兒一定是很想芙蓉給他一個正面的答案吧？但他早知道答案是否定的，所以故意問得很小聲，芙蓉沒聽到那句話，他就不用看到芙蓉為難的拒絕自己的樣子了。

歲泫覺得自己是個外人不方便插嘴，只能擔心的看著芙蓉和潼兒。如果換成一般的孩子，他便會毫不猶豫的說道理給他們聽，對年紀大的說不可以獨斷獨行，對小的說要大膽的把自己的想法說出來，然後讓兩人和好……但他有資格說這些話嗎？

待在他們身邊，歲泫覺得身為凡夫俗子的自己好像有點迷失了。

※　※　※

敖瀟以風捲殘雲般的速度把芙蓉帶走，而被留下來的人普遍心情非常差。

剛剛和敖瀟吵了一架的浮碧板著一張臉；沒有成功阻止芙蓉跑出去、也沒法跟上去的潼兒，悶

著一張臉坐在角落。

歲泫對這麼沉重的氣氛感到十分棘手，這種情況絕不是隨便說些無聊話題就可以化解的。偏偏這時候歲泫唯一可以指望、最德高望重的龜丞相卻不知所蹤，珍寶閣前前後後也沒發現他的蹤影。

無奈之下，歲泫只好向同為水晶宮成員的掌櫃求助。但聽完他的轉述後，掌櫃很沒義氣的縮在櫃檯不走，說打死也不要去搗浮碧這個蜜蜂窩。

歲泫很有些不解，浮碧對他們是冷了點，但相比六殿下敖瀟好相處太多了，但珍寶閣的人除了怕敖瀟之外，也很怕浮碧。至於為什麼，歲泫覺得自己問了掌櫃也不一定會得到答案，所以乾脆不問了。

後堂現在只有三個人，其中兩個各自沉默著不說話，歲泫不太習慣這突如其來的寧靜。一下子少了敖瀟和浮碧吵架摔門的巨響，也沒有芙蓉和潼兒聊天嘻笑的聲音，走廊、屋子四周全都是靜悄悄的。

在天氣變回深冬般的中午，靜悄悄的屋子令歲泫感覺特別冷清。因為待在一起覺得很不自在，所以歲泫說要去燒水泡茶後就到了廚房獨自待著，看著燒得旺盛的柴火發著呆。

發呆的時候腦袋就像一片空白，這時歲泫就會覺得這幾天和過去完全不一樣的生活一點真實感也沒有，他由始至終都有一種自己在造夢的感覺。

在自己平常生活的地方有一天突然遇上了一個又一個的仙人，又遇上了人生第一次的靈異經歷，現在回想起那夜裡遇上鬼差，心裡仍是毛毛的。

對了！那畫卷他還沒處理！

放在爐上的熱水已經燒開，但歲泫仍無所覺的坐在矮凳上，穿著一身厚衣變得圓滾滾的背影格外讓人覺得寂寞。

「原來你在這裡？」

一聲疑惑的提問在歲泫身後響起，沒有過人感應能力的歲泫嚇得整個人都彈了起來。

「嘩呀！浮碧大人！」驚魂未定的歲泫臉色一下子青了不少，手掌忙拍著心口定驚，之後才想到這些反應太過失禮，幸好站在門邊的浮碧沒有一點不快的神情，他才安心了點。

「水燒開了。」一身武官輕裝打扮的浮碧和廚房格格不入，他看了不斷冒蒸氣的水壺一眼，然後好奇的打量廚房四周。雖然表情上沒什麼特別，但說不定他覺得廚房內的結構很新鮮吧？

「抱……抱歉！我想事情想過頭了。」縮了縮脖子，歲泫連忙拿起手邊的布把水壺移開，現在水燒得太開，得稍微放一下才能泡茶了。

「仙童四處找你。你在這裡做什麼？」浮碧雙手抱胸盯著坐立不安的歲泫。雖然他目前失憶，但卻沒有失去判斷力，眼前這個凡人一看就有點異樣，讓浮碧覺得有點在意。

浮碧對歲泫的印象是他大多待在芙蓉和潼兒的身後，像是陪襯的布景，但又和四周氛圍格格不入——浮碧現在也有相同的感覺。他現在使用的名字是他們給的，沒有記憶的浮碧仍未完全融入他們給予的身分之中，所以他覺得自己也是格格不入的。

就像在一片白珍珠裡混入了一顆黑色的，很突兀也無法成為全體的一分子。就像在仙人堆中的歲泫，或是他自己都一樣。

正因為這樣，浮碧才會願意親自過來看看歲泫這個人在做什麼。

「想說替大家泡杯茶……」歲泫覺得自己這話說得很笨，平時潼兒去泡茶不用一會兒就泡好了，哪像他要弄這麼久，還想東西想到完全出神了？

連泡個茶也泡不好……這個念頭不斷的擴散，他拿茶壺放茶葉的動作也就變得很死板，看得浮碧都皺起了眉頭。

「你一臉在鑽牛角尖的表情。」

「沒……沒有啦！」

浮碧的話嚇得歲泫差點把手上的茶壺蓋摔碎，驚險的搶救回來後歲泫已經一身冷汗，不過浮碧仍未打算放過他。

「不然你這張慘臉是怎麼了？」

等等……自己的臉不是這樣慘吧？歲泫第一時間只理解到這話是浮碧嫌他長得不夠好看嗎？怎麼突然扯到這事上了？

完全會錯意的歲泫愣愣的張著嘴不懂反應，反而是浮碧無奈的嘆了口氣。他一嘆氣，歲泫沒來由的打了個寒顫。

雖然等級有別，但同樣作為龍族敖氏的一分子，浮碧和敖瀟一樣身上與生俱來帶著一股威壓。而浮碧給人的壓力和敖瀟明顯不同，他不像敖瀟那樣肆無忌憚的散發自己的威壓來恐嚇別人，待在浮碧旁邊歲泫雖然也會感到壓力，但卻不用擔心被嚇昏的事件會重演。不過即使如此，看到浮碧突然對自己嘆了口氣，歲泫還是心驚了一下。

歲泫突然靈光一動的想到一個能貼切形容浮碧的印象，人們都說生不入官門、死不入地獄，他沒有被抓上公堂見過官老爺的經驗，但他覺得浮碧和公堂的環境滿相配的。

他要是換下一身武服改穿官服的話，一定很有官威！

「茶泡好了就回去仙童那裡吧！我讓他待在原地別四處跑了。」確定歲泫有些笨拙但總算把茶具都放好在盤子上後，浮碧催促了一下。

歲泫微微的點點頭，對待這些茶器時他大氣也不敢吸一下，珍寶閣內用的器具在歲泫的眼中全都是貴重品，捧著一盤自己賠不起的東西他緊張死了，每踏出一步都小心翼翼的，引來浮碧回頭看了他好幾次。

那雙帶著詢問的湖水色眼睛，讓歲泫不由自主的移開視線。

小心的加快了腳步跟上，歲泫看著浮碧的背影，不明白尊貴的龍王為什麼特地出來找他？而且還領路般把他帶回之前的偏廳。

「麻煩浮碧大人特地過來找我了……不好意思。」這種想法很自大，歲泫不好意思的臉紅了。

「我只是剛好要轉換一下心情。和那個妄自尊大的傢伙說話令人十分惱火，真不知道他的腦袋是什麼構造的！」一提到敖瀟，浮碧的火氣就來了，只見他深呼吸了兩下平撫漸顯高昂的聲音才回頭說：「仙童一發現你走開後很擔心，出入要有交代才行。」

「為什麼？」歲泫不解的問。

不過，浮碧並沒有回答。

回到之前大家待著的偏廳，浮碧才推開門就看到潼兒露出一個安心的笑容迎向他們，伸手俐落的接過歲泫手上的茶盤。

「我剛才有點擔心歲泫公子會不辭而別。」為大家添上一杯香茶之後，潼兒看向歲泫不好意思的說。

「欸？」歲泫驚叫起來，他從沒想過不辭而別呀！他有做過什麼讓人誤會的事嗎？為什麼潼兒會這樣想？

「因為剛才看到歲泫公子一臉落寞，這幾天事情又多……感覺我們冷落了你，對不起。」

潼兒覺得很抱歉，明明就是芙蓉和他一起把歲泫拉進這禍水裡的，雖然事態的發展早已經打亂他們一開始讓歲泫當嚮導的計畫，但沒在那個時間點讓歲泫離開，之後也不能就這樣把他送回去，潼兒會擔心歲泫和他們有關係的事會引起妖道的注意，現在讓他離開說不定反而害了他。

而且，他們答應過要教他修行的事也還沒兌現。

「沒有這回事啦！」回話的語氣勉強得連歲泫自己聽了也感到驚訝，他的臉立即紅了起來。長這麼大了還像撒嬌似的，讓歲泫覺得丟臉死了。

大家喝了茶但沒有聊天，氣氛過分沉靜，三個人各自都在想著事情，結果是外表和實際年齡最年長的浮碧負責打開話題。

不過，他一開口就十分直接了。

「應該說這是煩惱嗎？」浮碧的表情有點疑惑又不確定的看著歲泫，再下了結論：「總是想太多。」

「欸？」歲泫差點把剛入口的茶噴出來，這句話完全是針對他說的，他一聽時就有種心事被說穿的心虛感，讓他不知如何是好。萬一被追問的話，他根本不知道該怎樣說明。

浮碧說得太空泛，潼兒一下子沒聽得明白，他眨著一雙眼左看看浮碧、右看看歲泫。被潼兒這樣一看，歲泫心驚了一下，不過潼兒很快又轉回視線看向浮碧，等待龍王再開口。

「說起來我們三人現在也有一個共通點。雖然明說出來會令人很不甘心。」浮碧把空了的茶杯放到一邊，擺手制止了潼兒想添茶的動作。

本已給人像是文士系武官感覺的浮碧正經八百坐著，雙手很自然般放在膝上時，潼兒和歲泫兩人不自覺的像個等待夫子說教指導的學生般，正襟危坐起來。

「剛才仙童你因為覺得自己幫不上芙蓉的忙而感到無奈、生氣？或許不應該用生氣形容，大概是不甘心佔大多數吧？」浮碧先是對著潼兒說，然後看向歲泫。「而你是覺得自己一介凡人待在這裡格格不入，自己什麼忙也幫不上，覺得自己在這裡什麼用也沒有。」

浮碧說得很直接，讓潼兒和歲泫兩人臉色紅得像是煮熟了的蝦子般，非常尷尬。本以為他這樣說是敖氏愛損人的陋習，但停頓沒有持續太久，浮碧又再說下去了。

「我現在也一樣，是個連自己是誰都忘記了的無用之人。」

沒想到浮碧會這樣說自己，潼兒和歲泫剛才的尷尬一掃而空，取而代之是一陣慌亂，他們到底該說什麼才好？

「浮碧大人這樣說有點不對吧？會變成這樣是因為發生了狀況。」浮碧的話讓潼兒心裡很不舒服，明明他在事件中是受害者，但現狀卻讓他說出自己是無用之人，這樣太令人感到悲傷了。

但浮碧卻笑了，笑容裡一點陰霾也沒有。

這一刻的浮碧在潼兒眼中十分像敖瀟畫的那幅丹青，那種神情和氣質完全一模一樣，敖瀟所認識的浮碧龍王就是現在這個樣子的吧？

舉手投足之間的那份穩重和冷靜，即使從自己嘴中說出自己是無用之人的話，也沒有一絲一毫讓人覺得他在自暴自棄的感覺。就好像他只是在說明現狀僅是一個過程、一個階段，往後的發展他心中已經有譜般令人覺得他有底氣、有自信。

這種氣質是無法解釋的，很自然的，潼兒和歲泫被浮碧的這種特質和笑容吸引著，心裡好像有什麼沉重的東西變輕了。

「事實擺在你們眼前，雖然你們說我是仙人，更是一方龍王，自己的轄地更有大事正在發生，但我現在在做什麼？我只能待在這裡喝茶而已，其他的我做不到，也不知道自己可以做什麼。待在這裡是我現在能做的事，所以我喝我的茶，罵好那個自大的傢伙就夠了。」

「浮……浮碧大人，你難道已經記起來了？」

「沒有。要是記起來了，我想，跟著去湖底的不會是芙蓉而是我。」爽快的否認了恢復記憶的可能性，心裡也想著要早日記得過去的龍王只是無奈的笑了笑。「急不來的。如果撞一下柱子就會記起，相信那個自大狂早抓著我的後領落力的去砸牆了。」

依著浮碧的話幻想了一下敖瀟抓住他的脖子摔向牆壁的畫面，一道惡寒爬上了歲泫的背，那畫面沒有恐怖的氣氛，但效果可怕之餘卻有絕對獵奇的效果。

歲泫想起從小聽到大的神仙故事，同樣能呼風喚雨的水晶宮六殿下和一方龍王互揪衣領扭打在一起，然後其中一個壓著對手去砸牆？試問天下間有哪一面牆能接下龍王的頭槌？

不對！頭槌是自發性動作，而讓別人抓住砸到牆上是被動的，破壞力可能更加的驚人。

「敢拿我的頭去砸牆，我會不惜一切反抗，管他是否自稱是我的主子，我也不會客氣的。」雖然沒有了記憶、不能拿以往的經驗比較，但浮碧就是有預感敖瀟可能會做出那樣的事來，感覺過去發生過類似的事情。

「這樣房子會毀掉。」歲泫唯一想到的是這個珍寶閣會在他們的對打之下化成一片破瓦頹垣。

「恐怕打爛這個曲漩城所有的房子，也打不贏那個自大的男人吧？」浮碧不快的彎下了嘴角，要承認自己實力不如敖瀟讓他感到不是滋味，可是話說出來後他卻發現沒有太大的抗拒。

就好像習慣一樣，沒了記憶但還是知道。這種介乎記得和遺忘之間的曖昧狀態讓浮碧很不舒服。他有些焦躁的皺起眉頭，手指敲了椅子的把手幾下，又停下，仍帶著些許不快的湖水色眼睛瞄向了在一旁不敢插嘴的潼兒身上。

「雖然我沒有確切的憑據，但那自大的男人有他妄自尊大的本錢，所以你不用太擔心，芙蓉跟在他身邊不會有什麼危險的。」

帶著一張不愉快的表情，聲音卻很誠懇，這些變相把敖瀟抬高的話雖不是浮碧想從自己的嘴巴說出來，但浮碧看不過潼兒憂心的樣子。現在作為無能一分子的他說不出什麼大道理來，可是生於世為人也好、為仙也罷，總有自己能掌握和做得到的事，對於超出了自己能力範圍和無法掌控的事，浮碧認為強求也不一定有用。

像是這名叫潼兒的仙童苦惱著自己幫不上女仙的忙，又或是這個凡人青年覺得自己格格不入，全都是無謂的。

只是浮碧對於潼兒對敖瀟實力沒有信心同樣感到不是滋味，浮碧認為這是因為同是敖氏一分子、同仇敵愾的心態吧？

浮碧一副生悶氣的樣子，潼兒和歲汯兩個人愣愣的看了一會兒，然後不約而同的笑了。

雖然稍微繞了個圈，但潼兒和歲汯已經接收到浮碧想要表達的事，也對這位直率、不自傲的龍王多生了幾分好感。

被兩個人雙眼閃閃的看著自己，浮碧的眉頭都皺起來了。「雖然我失憶了，但很清楚知道我生理上很抗拒那種閃閃發光、讓人感覺黏糊糊的眼神。」

歲汯畢竟太老實，他下意識就遮住自己的眼睛，擔心自己成為砸壞牆壁的媒介。只是這麼誇張的動作反而惹人注意，被湖水色的眼睛瞪上後，歲汯只懂吃吃的笑了笑，拚命的挖出應對的話來。

「哈哈……閃亮的和黏糊糊的好像相反？」

「什麼都好，總之就是討厭。」浮碧的嘴角又往下彎了彎。

歲泫也知趣的閉上嘴，免得多說多錯，別人難得替大家打氣，實在沒必要硬把氣氛往尷尬難堪裡推。

「那浮碧大人不喜歡的東西有很多呢？像六殿下也算是其中之一。」

潼兒忍不住笑了笑，浮碧對敖瀟的厭惡表現得太明顯了，而且從芙蓉口中得知敖瀟和浮碧一直都是以吵架作交流後，潼兒沒再擔心他們會吵出真火，反而覺得惹笑的程度更多一點。

「那個自大的傢伙當然不討喜。」

被浮碧肯定又有些許偏執的語氣逗笑，潼兒想要忍又忍不住，結果在浮碧再多加一句「盡情恥笑那傢伙吧！」之下，潼兒笑得差點沒氣了。

笑著笑著，潼兒有種自己好像有一段日子沒有這樣笑過的感覺，大概是因為離開了有所倚仗的安全地方，旅行在外又遇上麻煩事讓他特別感到疲憊吧？

「浮碧大人，六殿下真的很厲害嗎？」始終放不下心，敖瀟在武力方面的表現潼兒一次也沒聽說過。

水晶宮的成員主事的是天候和管理水澤等等之事，不像天將們會外出討伐妖道，但是作為鼎鼎大名的水晶宮主事者龍皇九名皇子的其中一名，很難想像出敖瀟不善武道的畫面。

雖然作為一位殿下，敖瀟的打扮一向很豪華，也很少穿武裝。不把說話時露出的傲氣和尖酸計算在內，敖瀟的氣質像文官多於武將，所以潼兒無法想像敖瀟動手的樣子，如果是動嘴皮便把對方的自信和人生觀狠狠踩在腳下，倒還比較自然。

不知道浮碧是怎樣想的？還是他又隱約對什麼有一個模糊的印象？只見浮碧突然皺起眉沉吟了一下。

「我想，多保護芙蓉一個是不會有問題的。再說，他應該也不敢讓人跟著自己卻出事，他那麼自大的人是不會做沒把握的事。」浮碧朝潼兒笑了笑，這安慰是基於敖瀟的個性而非實力作根據說出來的。

「說得也是呢！」潼兒釋懷的點了點頭，他跟著去雖說自己有臂釧保護，但也是會對另外兩人增加負擔。

「你們很擔心她？」

「姑姑畢竟是個姑娘，跑去太危險的地方始終不好。」

「仙界的姑娘還是不要當成正常姑娘的好。」浮碧又攢著眉心，表現完全不像喪失記憶的人。如果敖瀟在場，一定會質疑他是假失憶了。

「被女仙們聽到這句會很危險呢！不過芙蓉是例外的，她也算是女仙之敵。她在崑崙引起的麻煩事是最多的呢！要說是麻煩事容易找上芙蓉，還是她特別吸引麻煩事呢？總之她很容易遇上會越演越烈的狀況。」

「都是惹禍精。」浮碧把這三個字套用在芙蓉身上，他發現完全沒有違和感，貼切至極。

「如果不把煉爆丹爐的事算進去，其實芙蓉只是個跳脫一點的女仙罷了。」潼兒老成的嘆了口氣，想到那位明明比較年長卻令人放不下心的芙蓉，作為弟弟角色待在她身邊的潼兒很多時候都感到深重的無力感。

或許他應該想開一點，很多事情的確不是他一個小小仙童可以左右的。

就好像被派下凡前東王公和他說過，他的工作是陪在芙蓉身邊，陪著就足夠了，不必對她的工作拿主意，那是芙蓉自己應該做的。而以仙童的身分難得獲得下凡機會的他，東王公不忘給他一個自身的課題——

藉著這次離開東華臺下凡的機會，思考一下自己成為天官之後要做的事。

這個問題東王公不提的話，潼兒從來沒想過要思考，因為從懂事開始他就知道自己的路是這樣走下去的，成為天官在紫府工作是遲早的事。

到現在他也沒有思考出什麼結論來，想來想去他只是覺得自己要做的就是做好分內的事，下凡後要盡力協助芙蓉，在仙界的話就是把東王公分配給自己的工作辦好。潼兒喜歡現狀，所以他不願意去想太多。

不過作為男孩子，潼兒始終想要獨當一面多點，他不是沒幻想過芙蓉不是站在他前面保護他，而是在他身後被保護的畫面。但是以他和芙蓉在實力上的差距，潼兒認為距離想像畫面實現的一天還很遠。

「那你呢?心裡的煩惱解決了沒?」浮碧一直觀察著兩人的表情變化，待他覺得潼兒那邊問題不大後，浮碧挑了挑眉朝毫無準備的歲泫一問。

「解……解決了……一半。」歲泫心裡那原本剛萌芽的煩惱的確是被浮碧的話化解，是不是全部化解還不知道，不過歲泫現在心情的確輕鬆了很多。

但是面對龍王的逼視，歲泫耐不住心裡另一個不安的元素垂下了肩膀，很沒用的從掛在身上的布包中摸出了一個畫卷。

潼兒有見過畫卷，所以沒有太大的反應，只是問了句歲泫怎麼還沒處理掉。

但浮碧卻定睛看著那個畫卷，視線一刻也沒有移開。

「這東西……」浮碧感覺到畫卷不對勁，示意歲泫把東西交到他手上。

原本在歲泫身上什麼反應都沒有的畫卷來到浮碧手上時，卻如失去控制般的輕顫，要浮碧出力抓住它才拿得住。

「欸？」

「這東西你是從什麼地方帶回來的？」浮碧的神情變得凝重了些，手上的畫卷仍是不住的顫動，浮碧不敢現在把畫卷打開，萬一裡面封住什麼難纏的東西，他現在可沒辦法處理。

幸好他把畫卷放在桌上後，畫卷便回復了平靜。浮碧皺著眉頭看向不知所措的歲泫，再吩咐了一句。

「把你身上帶的東西都拿出來。」

第五章 挫敗的九天玄女……

解開混有天金銀絮織成的錦繩所打成的結後，拿開錦盒的蓋子，鋪在盒中錦緞上的是一個造工精緻的卷軸；卷軸的中軸使用了富有光澤而且散發著淡香的上好木材，寫有內容的部分不是用紙張而是使用了名貴的絹帛。

這些材料全都不是唾手可得的東西，甚至可以說這東西本身光是用料就已經到達了作為寶貝的程度。

上面墨黑的字跡沒帶著任何的個人風格，是十分公式化的字體，用詞遣字更是嚴謹到讓人感到沒趣的體裁，這樣的文句即使是沒什麼重要的內容，也會讓看到的人心裡感到無法排解的壓力。

和錦盒一起送到的還有一封私人性質的信件，雖說是私人信件，但仍很講究，用紙、字體到印鑑都是一絲不苟的。不用翻看封底的署名，西王母已經從信封上的字知道這是誰寫給她的信，連內容也猜到了個大概。

坐在殿上靜靜的看完了這些，西王母帶著微愁的表情笑了笑，朝在殿內等候的使者說了些慰勞的話，再讓人送他們出去。

送信來的是從天宮派出的正式敕使，即使西王母是仙界西方之主也不能將對方呼之則來、揮之則去，特別是現在這個節骨眼，崑崙再對代表天宮的敕使做出任何不敬舉動的話，即使她親自到天宮謝罪恐怕也修補不了雙方關係的裂痕。

和天宮撕破面子是沒有必要，對崑崙也是絕對不智的，為了一些放在檯面只會貽笑大方的事而和天宮鬧翻，西王母絕不會容許。

她不想花長時間去修補和天宮之間的裂痕，更別說玉皇早就已經給她們崑崙很多面子，也讓步和提醒了不只一次，是她手下的人太不識相，而她也縱容了。

所以現在她要擔起後果了。

要是在平常的日子，崑崙的瑤池金殿上或多或少會聽得到嬌俏女仙們像銀鈴般的談笑聲，或是從遠方傳來的舞樂聲，不過今天金殿時常敞開的雕花門板反常的緊閉，除了幾位高階女仙陪著西王母在金殿主殿之外，其他在金殿工作的女仙都被吩咐退下去了。

但即使這樣，仍然有很多女仙目擊到，她們崑崙對外最有名的九天玄女在天宮派出的天將監督下被遣送了回來。

這件事只消一瞬間就讓整個崑崙像炸了鍋般傳聞四起，女仙們都喜愛八卦和交換小道消息，發生這樣的大事，大家立即就知道為什麼王母要把金殿清空了。

發生這樣不光彩的事情，西王母不會願意在眾女仙面前交接被遣回的九天玄女，太丟崑崙的面子了！

很多女仙都有這樣的想法，更覺得九天玄女有這樣的遭遇是活該的。這不是她們出於妒忌的心態或是惡意想九天玄女失勢，而只是因為大約有八成的崑崙女仙都覺得天宮在處理的事情很麻煩，她們對在天宮辦事沒有半點興趣，她們有興趣的只是在天宮發生的趣事。天宮那一堆沉悶又麻煩的事件，她們認為旁觀便已足夠，參與就免了。

抱有這樣心態的女仙們對於九天玄女的活躍也只是當作八卦來看，她們關注事件，打聽九天玄女在凡間做了什麼、回仙界後又為了什麼惹火了玉皇等等，這樣就很足夠了。

論對流言、八卦的掌握程度，這些平日只顧著打理桃樹和唱歌跳舞的女仙們比任何一位天官都厲害。

除了九天玄女的死忠支持者為了現在的事態而緊張憂心之外，女仙們大都是一副觀望的態度，九天玄女過分干涉凡間的皇權、或是回來仙界後死活賴在天宮的事，都只是八卦的題材。不過奇妙的是，凡間京城發生的大事她們都很熱烈的討論，但她們的注意力卻沒有放在事件的當事人——芙蓉身上。

女仙們的目光完全放在那些下凡去的天將、地府十王等等，意外發展連塗山也在這次事件之後多了一批隱藏的女仙支持者而不自知。而當時聽到九天玄女是被帶著敕書下凡的東王公命令善後的事，女仙們除了興奮的說東王公好威風之外，九天玄女的行動終於引發崑崙女仙們的反彈。

不反對不代表支持。事關崑崙聲譽，女仙們從那時起已經頻繁的出現針對九天玄女的批評。崑崙女仙雖然不喜歡參與天宮那些麻煩事，但並不代表她們只會種花養桃子那麼封閉，而且她們也不盲從九天玄女。

畢竟除了九天玄女之外，崑崙仍有多位高階的女仙。

金殿的大門仍然緊閉，一些待在殿外偷看的女仙們遠遠的目送使者回天宮覆命，然後八卦的視線紛紛投向正轉身回金殿的太真王夫人身上。

竟然是由太真王夫人來送客呢！

女仙們妳看我、我又看妳交換著驚訝的視線，直到太真王夫人的身影消失在金殿的大門後，原本的驚訝立即變成不同的猜測，崑崙又變得熱鬧起來。

關上大門，太真王夫人維持著一貫恬靜優雅的步伐走到首座前一禮，西王母像是很累的笑了笑，示意太真王夫人落坐。

「王母客氣了，此乃應當之事。」

「辛苦妳了。」

金殿上除了首座的西王母之外，兩側還設了兩個座位，現在臉容和善溫婉的太真王夫人落坐其中之一，而另一邊則坐著個性剛強嚴謹的碧霞玄君。

西王母、碧霞玄君還有太真王夫人，這三位崑崙地位最高的女仙同時一起看向在大殿中央低頭跪著的九天玄女。

被玉皇派人遣送回來的九天玄女覺得自己丟臉丟大了，進入崑崙的範圍後，她直覺不少女仙審視的眼神投注在自己身上，她感到既丟臉又委屈。現在一個人跪在已經屏退左右的大殿上，首座三人沉默的態度更是讓九天玄女心中叫屈。

她們剛才沒有就天宮敕使的話為她說過半句好話，太真王夫人出去送客期間，王母和碧霞玄君亦沒對她說過半句體己話，她被人屈辱般遣送回來一事，她們表現得像不痛不癢的。

九天玄女心裡全是不滿，但她不敢以在天宮的態度對現在首座的人嗆聲。崑崙是她最後的助力了，九天玄女不敢造次，她很清楚要不是西王母的面子在，玉皇對她的懲罰絕對會重很多。

她不想承認，但事實上，玉皇的確是在給東王公和西王母面子才對她從輕發落；不把已經不理

事的天尊算進去，也只有這二人能和玉皇處在同一水平上，那個高度她望塵莫及，沒有她九天玄女的分。

西王母一直沒有叫她起來，讓她跪著。這一次和以往很不同的態度，已經足夠九天玄女生出很多不同的猜測。

如九天玄女的想像般，先開口的是碧霞玄君。

碧霞玄君的氣質和九天玄女很相似，同樣給人一種女強人強勢的感覺，但是碧霞玄君處事卻比九天玄女圓滑和內斂得多。

崑崙內部不像東華臺那般還有一個名為紫府的文書機構，畢竟女仙的整體人數也比男仙少很多，且女仙出仕天宮的數目極少，實在用不著特別安排一個公式機構處理女仙的仙籍記錄。

在崑崙，掌理女仙仙籍等事務的主要由在座的碧霞玄君和太真王夫人負責，所有女仙的賞罰亦由她們記錄在案，她們更像西王母身邊的書記般處理瑤池金殿內的大小事務，所以她們兩人大部分時間都待在王母左右。

但是平時九天玄女面見西王母，也不會是由旁邊的碧霞玄君先開口的。

「玄女這次做得太過分，竟敢在天宮大殿上對玉皇大不敬。」

碧霞玄君是個重視紀律的人，她從嚴而太真王夫人從輕，兩個人就以這樣黑白臉的形象管束眾多的女仙，平日她們可以睜隻眼、閉隻眼由著九天玄女和一般的天官、天將爭執，但她們不接受九天玄女在玉皇座前無禮。

聽到碧霞玄君對自己的責備，玄女反射性的抬起頭，腰挺得筆直，不忿的臉龐一抬、美目一瞪看向碧霞玄君。在玄女的印象中，碧霞玄君最多就是說她幾句，但不會和她爭論，所以玄女以一貫的做法想為自己的氣勢加持。

只是當她看到碧霞玄君看向自己的眼神時，九天玄女才意識到碧霞玄君的仙階比自己還高，現在對方坐著、自己跪著，她們並不是在同一條平行線上的。

「九天玄女，妳還要堅持自己沒錯嗎？」

「玄君，難道我說出自己的想法也有錯嗎？我只是想事情往好的方向發展！這樣也有錯嗎？」

「妳的想法再好，妳的心再為仙界打算，也不可忘記了應有的禮節！妳對東王公是什麼態度？對玉皇又是什麼態度！」

「玄君也不必生氣，九天玄女的性子是越跟她吵，她就越是倔強不聽話。話雖如此，可我也不認同玄女這次的行為。」性子比碧霞玄君來得柔和，一般多處理對外事務的太真王夫人蹙緊眉頭，雙手放在膝上坐得十分端莊穩重。

九天玄女心裡一沉，連一向和善的太真王夫人也說出這樣的話，這次沒辦法得過且過的把事情了結了。

碧霞玄君和太真王夫人都說過話後，九天玄女只是鐵青著臉色的跪著，視線也不再瞪向任何一人，只是她的神情仍會令人擔心地板會被她的眼神燒穿兩個洞而已。

大家都在等待大殿主位的西王母發言，可她卻只是重新再拿起天宮送來的兩樣東西細看，看似沒有打算讓九天玄女起來。

良久都只有衣料磨擦和紙張的聲音，九天玄女實在等得不太耐煩。

她為什麼得跪這麼久？西王母故意要讓她跪的嗎？那不如乾脆點罰她好了！

西王母不像玉皇那樣用威壓的手段迫使九天玄女跪下，然而事已至此，九天玄女不得不跪，可才短短的時間她便已經跪得不耐煩，這表現讓西王母不禁嘆了口氣。

跪著等待的確是很難熬，換作芙蓉那樣的丫頭早就哭喪著臉哀叫了，巴不得隨時隨地找機會撒嬌求情；況且，芙蓉雖然時常闖禍，但有錯她會認，單就這一點評論的話，芙蓉比九天玄女要懂事多了。

西王母覺得事情讓她十分為難，先前為了九天玄女不肯合作向天宮交代在凡間布署的事，玉皇已經十分不滿，連帶因為玄女不肯說清楚，被事件連累的地府東嶽帝君更是把玉皇狠批了一頓。玉皇吃了這悶棍，心裡不舒服，偏偏崑崙卻是不得不先站在九天玄女那邊，這變相等於崑崙連同九天玄女一起惹玉皇不高興了。

雖然言談之間玉皇只是針對九天玄女個人，但後來事件越演越烈、牽連甚廣，排除了玉皇的抱怨，天宮中仍有不少司職凡間皇權國運的仙人們心感不滿。

九天玄女做的事也還未嚴重到要崑崙大義滅親，仗著崑崙的面子，沒有仙人敢當面說她們的不是，但不代表他們心底沒有微言，知情者都在心裡給崑崙蓋上一個治下不嚴的印章。

偏偏才回仙界不久，九天玄女已經三番四次無視玉皇的禁足令，又把西王母的訓示全部忘掉，現在迫得玉皇在大殿上說了重話，當時要是沒有東王公打圓場，事情就會變得難辦了。西王母也覺得自己對九天玄女的管束是太寬鬆了，她本認為以九天玄女這樣的仙階管得太多反而不好，不過事實證明她的打算錯了。

西王母早就知道會有這樣的一天。

就像她不得不為整個崑崙的臉面擺姿態，同樣的，玉皇在大殿生大氣也是為了天宮的臉面。玉皇是天宮之主，連西王母和東王公也是玉皇的部下，仙界之首的權威不容挑釁，玄女的無禮行為只會逼得玉皇不得不擺出姿態。

西王母怪不得玉皇生氣，要是他不生氣、沒有行動，她反而更擔心，因為那表示已經沒有轉圜餘地了。

「玄女，為什麼不聽我的話，沒有待在瑤池金殿？」

西王母嘆了口氣，她向九天玄女說的第一句話充滿了無奈又憐惜的情緒，一向維持著微笑的臉龐在開口的同時添上了不能輕易甩開的微愁。

「王母！姬英的事件，東嶽帝君不是已經查清了嗎？妖道的事天宮一直沒拿定主意……」

大概是終於等到西王母開口，也因為西王母的語氣沒有像碧霞玄君般興師問罪，要說唯一不同的是，西王母慈愛的端麗臉容多了幾分微愁罷了，這導致九天玄女錯覺只有碧霞玄君和太真王夫人對她有微言。

一直覺得自己沒有做錯的玄女在西王母開口的第一秒已經如獲特赦，她心裡總覺得只要西王母願意開口，那就表示西王母不氣了，所以她開始喋喋不休的說著天宮裡的事，不停的批評著天宮的作法和她的想法相比是多麼的不進取，玄女覺得唯一能懂自己想法的只剩下西王母，所以必須要讓西王母認同她的想法。

她此刻的表情十分熱切。可是九天玄女沒有讀出西王母心裡的想法，只是單純覺得西王母最終都會支持自己，要她跪著也是做做樣子給碧霞玄君和太真王夫人看的而已。

「我不是問妳有關天宮的事，玄女。」西王母靜靜的打斷了玄女的話，她要的其實不多，只是想要玄女知錯。

只要她低頭認句錯，西王母也就覺得足夠了。

現在事實放在眼前，不下重藥的話，就不能指望九天玄女有所自覺了。

九天玄女啞言看向垂目不笑的西王母，剛才入耳的聲音令人感到陌生，雖然仍像平日一樣溫柔，但卻多了幾分凜然在內，一瞬間玄女以為自己聽錯了。

「玄女，莫要王母等待，快回答王母的問題吧！」碧霞玄君看不過去，催促了一下。

直到碧霞玄君插嘴的這一刻，九天玄女熾熱的心情終於冷卻下來，她知道西王母這次真的生氣了。

都怪玉皇在大殿上那句針對西王母的話！

九天玄女知道回來後西王母為了不落人口實必定會責備她，她也做了一定的心理準備。但不就只是走走形式而已嗎？只是禁足幾天當作是給天宮面子便足夠了，不是嗎？

九天玄女的心很焦急，妖道四處生事的情況已經迫在眉睫，玉皇必須要下決定用雷厲風行的手段才能壓制，天宮現在需要她這份力量的，她沒有時間在崑崙糾纏是否對玉皇僭越了！

一想到自己離開天宮的這段時間，那些持保守態度的天官、天將可能已經向玉皇提交了提案，玉皇本身的想法也走懷柔保守的方向，說不定他們已經做出什麼令人扼腕的決定了。

為了大局，她必須儘快脫身才行，所以此刻只有放下身段了。

「玄女知罪，請西王母恕罪。」

九天玄女低下頭認錯，但西王母卻是嘆了口氣，她又何嘗不知道玄女不是真心認錯？

「妖道之事，玉皇自有打算，妳莫要為此事增添玉皇的煩惱。這次玉皇只是派人把妳遣送回來已是開恩，過些日子禁足結束，妳自然得向玉皇謝罪，同時也必須要到東華臺向東王公賠禮。」

「王母！為什麼必須到東王公那裡……」

「難道不該嗎？妳不只一次對東王公無禮，玉皇和東王公雙方妳都應該賠罪，不然別人就要說我們崑崙不只是領頭的治下不嚴，女仙更是目中無人，自大到連禮節都不顧！」

碧霞玄君的指責讓九天玄女的怒火一下子爆發了出來，兩名高階女仙就在王母面前妳一言、我一語的爭論，一旁的太真王夫人想要勸架也插不進話來。

「都夠了！妳們吵成這樣子成何體統！」西王母皺著眉頭厲聲警告，她的聲音以她為中心點，像是擴散出去的漣漪般在大殿中迴盪不散。

西王母作為女仙之首，平日的慈愛溫和不代表她沒有一方之主的威嚴，爭吵中的兩人頓時噤聲。

「九天玄女，不准妳再為芙蓉的事和東王公作對。」

沒有提出憑證和供詞的過程，西王母替九天玄女的作為下了定論，而這個結論更是直接扯上了應該不在這話題中的芙蓉。

西王母這番話，讓原本已經靜默的大殿陷入更深的沉默中。碧霞玄君和太真王夫人還好，這事她們倆已經聽西王母提過，各自都有了心理準備，但即使如此，當西王母突然提出來時，仍是令她們十分驚訝。

她們一直認為王母即便要提，也是私下和九天玄女獨處時說。九天玄女也愛面子，在她們面前提出來，九天玄女會覺得很丟臉吧？

碧霞玄君和太真王夫人擔心的看向西王母，也憂心著西王母與九天玄女之間快要迸發出火花的

對視。不過她們倆都同樣認為現在已經到了不得不處理九天玄女的問題的時候了，別說遠在天宮的玉皇和蓬萊的東王公，九天玄女人在崑崙竟然連西王母也敢瞪著看，這樣的態度著實是太過目中無人，令人覺得沒有事是九天玄女不敢做的了。

沒有人開口，氣氛一直維持在最緊繃的狀態，低下頭的九天玄女咬著下唇，她的肩膀不停的顫抖，那是抑制情緒到極點的反應。

太真王夫人擔心再這樣下去會發生衝突時，九天玄女深吸了口氣。

「容我問王母一句，為什麼答應讓芙蓉去東華臺！」

重新抬起頭，九天玄女的神情像是豁出去一樣，讓西王母無聲的嘆了口氣。

這聲嘆息中包含了「果然如此」的感嘆。

西王母從一開始就已經知道九天玄女對東王公有著很深的芥蒂，而自從決定了芙蓉離開崑崙後會到東華臺生活時開始，九天玄女更是對東王公抱有敵意。

不知情的外人或許只以為九天玄女和東王公之間曾經因為什麼事才有所分歧，畢竟九天玄女在天宮一眾仙人中向來都是強勢的存在，所以她和東王公有不同的意見並沒有引起太多人的注意。但一般的仙人不去在意，難道仙界最高的幾位主事者真的瞎了眼沒看到嗎？要是這樣沒眼力的話，幾大巨頭也就沒能力擔當一方的主事者了。

而九天玄女對東王公在細微的地方滿有針對性的，西王母一直到現在都沒為這事說過半句，也沒有表態，因為東王公並沒有表現出任何的不滿。西王母知道他即使被九天玄女針對，也只會一笑置之。

東王公這種不痛不癢甚至沒放在心上的態度，無疑會令九天玄女這種高傲的人心裡鬱結難抒，但東王公除此之外，從來沒有反過來針對九天玄女做過任何事。他既然什麼都不說，旁觀的局外人也不宜插手了。

熟知東王公個性的人心裡都很清楚，處事淡然的他大概只把九天玄女一切的反抗行為當作茶餘飯後的娛樂吧？他一向喜歡先靜靜待在一旁觀看著別人手忙腳亂之後再出手，忙亂的對象換成九天玄女，東王公更省下成為幫手這一步，自有別人為九天玄女善後。

明知道東王公故意坐視事態發展，西王母卻不得不配合東王公的行動。

九天玄女在西王母眼中固然是被東王公耍著玩，但西王母找不到理由說一句東王公的不是，連她自己都不得不同意東王公只不過是維持自己一貫的態度，且沒有仗著身分欺壓九天玄女，讓人覺得有問題的只有九天玄女，東王公不說話是他大人不記小人過。

那些不知道內情的人自然覺得是九天玄女不對，連知道內情的碧霞玄君等人都沒辦法認為九天玄女沒私心，況且在西王母向碧霞玄君和太真王夫人提起之前，她們二人都不覺得芙蓉會是事件的中心點。畢竟九天玄女一直針對芙蓉的情況由來已久，所以此次事件並不會讓人聯想到她是因為芙蓉而和東王公過不去。

「在崑崙眾多女仙面前提出芙蓉惹事太多要她離開崑崙的是妳，玄女妳已經忘記了嗎？」提起這件事，西王母的眉頭更攢緊了幾分。

芙蓉的事在明在裡她都看得一清二楚，那個小丫頭在想些什麼是瞞不了她們的，她們不說是為了小丫頭的心情著想，讓她如自己所願做些動作、讓她換個地方，西王母並不覺得有什麼問題，但在那之前，九天玄女卻先一步發起要把芙蓉趕出去，雖然結果別無二致。

但西王母卻覺得這是很丟臉的事。

崑崙應是女仙們的家，西王母自然希望芙蓉在一個令她開心的地方生活，天天看到她皺著小臉說著九天玄女和其擁護者又責備她什麼，總令西王母心生不忍。而九天玄女和芙蓉之間的多次衝突，連玉皇也私下來訊問過情況。

「那和讓芙蓉去東華臺沒有關係！」九天玄女立即知道西王母想說什麼，心裡一急就先大聲的否認。

「大有關係不是嗎？芙蓉已經待過天尊的玉虛宮、玉皇的天宮，還有我們崑崙瑤池金殿。妳主張要把她趕出去，芙蓉她的仙階未達擁有自己洞府的程度，不讓她去東華臺，難道想讓她一個人流落在外嗎？」

西王母嚴厲的聲音在大殿內迴盪不止，在場的人都感受到西王母動氣了。

高貴慈愛的西王母雖然不會破口大罵，但她的氣勢卻會讓人不由自主的垂下頭，不敢看向那張即使生氣卻仍然美麗優雅的臉龐。

九天玄女渾身開始微微的顫抖，西王母的怒意比玉皇生氣拍桌子罵她令她更害怕，她待在仙界這麼久了，西王母生氣的次數是屈指可數的，而現在令她生氣的人正是自己！這事實令九天玄女心裡完全沒有了主意，原本自信滿滿的說辭再說出口時已經少了幾分說服力，變成了她最後的掙扎。

「芙蓉她可以回去天宮……不然回天尊那裡也可以，為什麼一定要去東王公那裡！讓一個女仙住在東華臺那種地方令人無法接受！」

太真王夫人差點忍不住開口，同是仙界的一分子，把東華臺說成「那種地方」也太失禮了。

「妳的想法當真如此嗎？」

「什麼?」九天玄女愕然的看著王母，她不明白王母為什麼還要這樣問她，她已經把原因說出來了不是嗎?

連凡間世俗禮教也有男女授受不親的規矩，而一個女仙生活在男人堆中多麼於禮不合，這不是比她頂撞位階高於自己的仙人更該正視的問題嗎?

「妳忘記了芙蓉到東華臺生活的決定是天尊們、玉皇還有我都同意的嗎?對此不滿，是否該理解為九天玄女對決定這事的我們有著同樣的不滿?」

西王母這話說得很重，重得碧霞玄君和太真王夫人緊張得差點站起來，兩人不安的看向九天玄女。現在她的回答變得很關鍵，玄女還想待在崑崙的話，她的回答決計不可以再惹怒西王母……

但九天玄女是這麼容易就放棄的人嗎?

碧霞玄君接到太真王夫人投來的擔憂視線，她只能無奈的嘆口氣。

九天玄女不會妥協的，要是她能這樣做，早就圓滑的處理這事了。

「難道就這樣不管東王公的打算嗎?」

終於說出來了!碧霞玄君和太真王夫人倒抽口氣，她們二人不約而同的看向上座的西王母，連大氣也不敢喘一口。

西王母的眼神在一瞬間變得銳利，九天玄女把不該宣之於口的話說了出來，幸好大殿已經屏退左右，不然事情會演變到更嚴重的地步。

芙蓉的能力在仙界眾位主事者之間是有共識的不提不問的，但九天玄女卻將這個共識打破，不但質疑西王母的處理手法，更大膽的懷疑東王公是處心積慮要利用芙蓉的能力？

這是什麼可笑又無稽的猜測！

偏偏九天玄女要在西王母面前這樣說……

西王母在玉皇與東王公二人之間相比較，是絕對最易動氣的一個。西王母重視面子，和玉皇為了大局可以裝聾作啞，或是東王公搬出凡事都無所謂的態度截然不同。

如果換了九天玄女在玉皇面前這樣說，玉皇大概會笑咪咪的大事化小、小事化無，他處理事情的手法很彈性，一定會先把事情穩住，不會一來就是爆發。

連玉皇也能忍九天玄女這麼久到現在才擺姿態一下，東王公更不用說了，仙界恐怕還沒有仙人見過他生氣的樣子，最多見到他不笑的樣子而得知他心情不算好罷了，但這也只是看到的人自己的臆測，他是否真的在生氣無人知曉。

「打算？妳可說說看東王公到底有什麼打算？還是妳自己的想像？為了這沒有根據的打算，妳就做出這樣的事？」

「王母！芙蓉雖然作為女仙完全不合格，但她的能力難道就拱手相讓給東華臺嗎？」

「玄女！這是什麼無禮的話！」

雖然心裡不贊同九天玄女的做法和態度，但是情勢發展至此，碧霞玄君不希望看到同為女仙的九天玄女被西王母狠罰，要是現在能打圓場，讓玄女先道歉請罪或許還能有轉圜餘地，絕對不可以讓王母先開口問罪。

大概也意識到自己的失言，九天玄女表情稍微收斂了一點，但是卻沒有如碧霞玄君希望的道歉請罪。

她不道歉，西王母就沒有臺階可下，情況只會僵持著。

「芙蓉的事本來就不容插手，天尊們已經發過話，誰都不可以干涉她的能力和她自己做的決定，芙蓉的事天尊一直關注著，不須妳多管閒事！」

西王母看九天玄女的眼神極冷，一絲平時慈愛溫柔的影子也沒有了。她站起身走下首座，來到玄女的面前。

九天玄女又驚訝又疑惑的看向皺著眉的西王母。

「別再做出僭越的事。妳再惹玉皇不高興，仙界沒有人能保妳！玉皇之所以位處仙界頂端之位，是天尊授與他支配仙界之權，作為仙界之主的玉皇什麼都知道，包括妳那些沒有根據的想像。難道妳以為最疼愛芙蓉的玉皇會隨隨便便的做出決定？」

西王母狠下心腸用最重的言詞打擊著九天玄女，本來她也不想把話說得這麼明白，但無奈沒有辦法，九天玄女簡直像是著魔似的懷疑東王公……不，好像必須要找個人做目標去針對才行似的，東王公只是因為芙蓉的事而成為箭靶也說不定。

可是，這也是一個最不適合九天玄女的靶子。

九天玄女喜歡掌控一切，態度也強硬，完全猜不透的東王公做她的對手，她擊出的拳頭打過去就像打在棉花上一樣沒有效果，而她也只會獲得沒完沒了的挫敗感，然後想法在不知不覺間扭曲，出現了偏差的觀感。

「別因為玉皇平常好相處而忘了自己的本分！」

九天玄女一下子洩了氣，她真的把自己想得太高了，從一開始她根本就被蒙了雙眼，看不清玉皇的真面目。但她也沒辦法立即接受西王母的話，那個自己覺得軟弱好欺的玉皇一直以來都把所有事情掌握在手上嗎？他真的如此嗎？

玉皇之前不也對她在凡間事的安排顯得手足無措嗎？那他是在裝傻？故意看她得意的樣子嗎？那自己算是什麼？在他掌上可笑的跳梁小丑嗎？

西王母看著身上連半分銳氣都消失掉的九天玄女，深深的嘆了口氣，可惜這聲嘆息現在進不了玄女的耳。

她茫然的看著一個方向，在場的三人都知道那邊並不是有什麼吸引她定睛看著。九天玄女的內心現在一定是不斷重溫過去的一些片段，被人點明情況後，她過去從這些事件中得到的優越感現在已經蕩然無存，剩下的是自己那時候的無知和自以為是帶來的挫敗感而已。

一直旁觀著無法插嘴的兩位高階女仙想要上前安慰，可是西王母搖頭阻止了她們，現在伸手說些好話安慰很簡單，但卻不應該在這個重要的契機時做。

九天玄女需要靠自己想通才行。

第六章 始作俑者和幫凶是……

滿布五彩霞光的天空中有不少仙鳥在翱翔，隨著一道銀色流光劃過天邊，一道道像是打招呼的鳥鳴聲從遠到近此起彼落的響起頌歌，而正在飛行的鳥兒也紛紛在空中讓出一條寬闊的通路。在這條空中通道上飛過的是一隻帶著長長發光翎尾的銀色鳥兒，牠飛過的地方像被撒過金粉般閃動著像只能在七夕時看到的銀河閃光。

這隻白鸞歡快的在天空中飛舞，享受著百鳥對牠的朝拜。雖然牠不是鳳凰，但在鳥兒的世界中也位處頂尖位置，這些朝拜牠受得起！

當牠看到天宮的建築群時便加快了速度，靈巧的銀色影子在天宮各個宮殿上掠過，很快就找到目標。

白鸞是極具靈性的靈鳥，像牠們這種高等仙鳥能聽得明白仙人們的話；似白鸞這種體型小的讓牠們送信不成問題，如果是大型的火鸞或是雷鳥，更可以帶出去斬妖降魔。

眼看任務快要完成，白鸞發出一道愉快的鳥鳴聲，拍了拍閃亮的翅膀維持著速度滑翔到天宮一處宮殿中，優雅的在室內盤旋了一圈才停在目標人物的面前。

掛在身上的信件被取走後，白鸞伸長了脖子等待別人摸牠一下表示讚賞，而收信人也沒讓牠失望，伸手輕輕的摸了摸仙鳥頭頂和長長的脖子，滿足了的白鸞發出愉快的聲音再次飛起。

牠在宮殿內滑翔了一圈，不斷的轉換飛翔的角度，飛了一會兒發現收信人沒再把注意力放在牠身上，牠正要自己找樂子時，從宮殿的門板往外看，發現了一個令牠十分中意的東西。愉快的叫了一聲後，白鸞拍著翅膀飛了出去。

愉快鳴叫著的白鸞的目標是一個稍微凌亂的人頭，這顆腦袋在牠眼裡簡直就是一個理想的鳥窩般吸引著牠。當牠越飛越近時，目標物突然抬起頭瞪向牠，一朵美豔的紅蓮圖騰映在白鸞眼中，嚇得牠想要轉身逃走，但在空中滑翔下降的身體來不及急速扭轉，眼看要撞上了！

距離太短，即使牠用盡全力拍動自己的翅膀想要剎停去勢、或是把飛行路線抽高，也已經太遲了。那雙在紅蓮圖騰下的銳利眼神像在警告牠再接近就會動手，只是牠已控制不了。

白鸞人性化的閉上眼睛，不敢想像等一下迎接自己的會是什麼下場。在快要相撞的一刻，白鸞感覺自己的脖子被一隻孔武有力的大手抓住。牠作為高階仙鳥活到現在還沒試過被人掐脖子，就像凡間那些將被屠宰的家禽一樣自救無力。

牠是高貴的白鸞仙鳥呀！不應該受到這樣的對待吧？

牠拍著翅膀，兩隻爪子也不客氣的招呼到掐住牠脖子的無禮者身上。當然，警告的鳴叫更是少不了，但無禮者的手臂卻像長了銅皮鐵骨般，牠的爪子劃上去連一條刮痕也無法留下，所有的掙扎全是徒勞無功。

「這是啥東西?直直的朝你的頭飛來，難道你的支持者已經擴展到禽獸之流?」手上抓著白鸞的青年皺起粗粗的眉毛，神情疑惑的打量著手上的獵物。

漂亮的銀白羽毛，聲音也很好聽，而且這鳥兒還很懂人性的做出驚恐的表情。這只不過是青年不明白白鸞此刻的心情，當牠意識到抓住自己的是什麼人後牠放棄了掙扎，牠不想因為一時的衝動反抗害自己一命嗚呼，這樣死得太不值得了。

正在涉嫌虐待動物的青年瞇著一雙有杏仁狀瞳孔的眼睛，粗粗的眉毛尾挑起，如果把臉的下半部遮住會是一張凝重又疑惑的神情，但當加上下半部那欠揍度極高的大而化之的笑容後，一切的正經或凝重隨即灰飛煙滅。

說他的笑容大而化之是較好聽、客氣的形容，說白一點就是這傢伙的笑容會讓人貼上不正經的標籤，甚至會想動手揍他這張欠扁的笑臉。

事實上，他的確因此得罪過不少人而被毆打，而現在站在他身邊的友人則是動手扁得最多、最重的一個。

他歪了歪頭，裝飾在半長不短頭髮上的飾品互相碰撞發出清脆的聲音。像是配襯他頭上的裝飾般，他以不修邊幅的風格穿著天將的武裝，而且還自行添加了一些讓人覺得莫名其妙的裝飾品。

感覺就像是一隻笨烏鴉把四處搜集回來的閃亮亮寶貝全掛到身上似的。只有一、兩件還好，但一多起來只讓人覺得這些閃亮的東西很沒品，掛得越多感覺越糟糕。

「你才是禽獸！」

原本是白鸞目標的短髮仙人差不多是即時反應的出手，從後方打了青年的後腦一下。在被揍的角度看友人出手比出口還要快，青年吃痛鬆了手讓白鸞飛快的逃走了，只留下他哀怨的看著友人。

繃著一張臉的哪吒接收到友人哀怨的眼神後立即無名火起三千丈，二話不說掄起拳頭從後方再敲了青年後腦勺一記，打得青年痛呼怪叫著抱頭蹲下去。動完手的哪吒則是頂著不爽到極點的表情雙手抱胸，居高臨下瞪著青年，那向下看的凶狠眼神加上臉上的鮮紅圖騰令哪吒身上的殺氣騰升幾倍。

哪吒現在就像一尊殺神般可怕，他這神態除了被他討伐的妖道看得最多之外，就數這位友人最常看到了。

「痛啦！」蹲下的青年也只敢小聲抱怨，但這兩個字也換來哪吒的不滿。

只見哪吒已經伸出劍指，只要他敢再說一句就戳爆他的腦袋。這不是說笑，他知道哪吒真的敢做的！反抗絕對會落得一個淒慘下場。

「你剛才說誰是禽獸了？再說一次看看？」

哪吒問一句，劍指就戳下去一次，蹲著的青年連忙用雙手保護自己的頭，但是再多的反抗就不敢了。

「老子啦！老子自稱是禽獸這樣可以了吧？」怕哪吒戳得不過癮會換成用手刀劈他，雷震子護著自己的頭，以蹲著的姿態移開了幾步到達安全距離後才站起身。

「你當然是禽獸。」哪吒理所當然的勾起一道冷笑。「那是崑崙瑤池金殿的白鸞，你剛才掐多一會兒就準備到崑崙負荊請罪吧！」

要不是怕引起老頭的注意，哪吒真的不介意現在先把雷震子揍成豬頭。

已經惹到東王公了，竟然連西王母也想惹！

「嘩喇！原來是這樣嬌貴的東西？」雷震子發出奇怪的驚叫聲，視線連忙追看已經遠去的銀色光點，沒發現自己曝露了連白鸞都認不出的無知。

「何止嬌貴！走吧！後頭還有你受的。」

「好兄弟，你突然十萬火急的不惜一切威脅老子回來，雖然老子的任務快要完成，但現在也不

是偷懶回來和你喝茶聊天的時候呀！」

雷震子這次急著趕回來得不情不願，他手上的任務只完成了大半，還有最重要的部分目前進退不得，仍然在想辦法擺平，他都要煩惱死了，實在沒閒情逸致特地回天宮一趟和老友聊天打架的。

不過，他要是拒絕哪吒的威脅，恐怕這位目前輪值天宮的友人不介意假公濟私或是親自動手把他綁回來。哪吒身上有太多令人覺得棘手的寶貝，在自己回來和被人逮回來兩者之間做選擇，雷震子情願選擇前者。

「雷、震、子。」

哪吒額邊無聲的冒出幾條青筋，他伸手搭住友人的肩膀，從背面看是好哥兒們在勾肩搭背，從前面看則是——哪吒的臉色陰沉得比來勾魂索命的黑白無常更恐怖幾分。

雷震子現在很想拿開哪吒的手臂逃走，但好哥兒的手臂根本是猜出他有意潛逃才故意搭上來的。雷震子敢說只要自己表現出想逃走的意圖，哪吒就會直接勒他脖子。

「敢問雷震子大人，還記得自己最近闖了什麼禍嗎？」

「哪……哪有闖禍啦！」雷震子心虛的說，但在哪吒的迫視下他很快就投降了，還招了幾項哪吒不知道的禍事，聽得哪吒嘴角控制不了的抽著。

哪吒深呼吸一口氣，抑制著想先動手教訓雷震子的衝動，畢竟現在揍雷震子也無濟於事了，他現在已經變成幫凶，和雷震子一起遭殃是無法避免的事。

和現在要去處理的大事相比，雷震子惹出來的其他事情都只是雞毛蒜皮，只要肇事者自己把事情處理好就沒有人會計較。

可惜芙蓉的事不一樣！

現在事情已經東窗事發，雷震子想要裝也只能再多裝一陣子，苟延殘喘一下。

「只有你這個笨蛋才會以為事情會沒有人知道！」哪吒咬牙切齒揪住雷震子的衣服，往前方的宮殿拖去。

「你……你說什麼事啦！哈哈……哈……」雷震子心虛的別開頭不敢面向哪吒，他的脖子快要像梟鳥般可以水平扭轉了。

「避水珠不見了是吧？」哪吒一早就知道這事情所以能一口咬定。

不幸的是，只有當事人仍自以為事情瞞得天衣無縫，還露出震驚的表情。

「不……不會是水晶宮的人已經知道了吧？老子現在沒錢賠呀！」

「等會兒你一定會覺得被水晶宮追討賠償是一件幸福的事。」哪吒冷冷的哼了聲，他自己也覺得被水晶宮追債幸福多了，因為他這個被無辜連累的不用說罰要一起受，而且還有李氏老頭的小黑屋等著他。

「咦？為……為什麼這麼說？等等！哪吒你說清楚呀！」雷震子死命掙扎。

可是已經鐵了心的哪吒既不放手，也不肯說更多，只是用接近暴力的手段把雷震子往目的地拖過去。

要是說了等會兒要見誰，雷震子不第一時間逃跑才怪！到時候，即使哪吒擁有捕獲系寶貝也不一定能把人抓回來。

這不是出賣朋友，只是要始作俑者回來收拾殘局罷了。

一路上沒有勤快走動的仙人或是侍奉的女仙、仙童，像是一早就被遣退一樣，哪吒拖著雷震子前來的事不會有太多人知道。

在快要把人拖上宮殿前的樓梯時，雷震子雖然已經放棄了逃走，但對於在宮殿中等著的是誰還是十分好奇，那裡面的一定是大人物，但到底是誰，他想自己需要好好的做一下心理準備。

這裡是天宮，雷震子再笨、神經再大條，也知道哪吒不可能無視他正在出任務而急召他回來，能在天宮支使天將之一的哪吒，那個人一定不好惹。

說不定是李氏老頭子命令兒子抓人？

這個可能性非常大，看哪吒臭成這樣的臉色可知一二。

雖然他不知道李天王會為了什麼事急召他，或許是本身的任務相關吧？提到自己現在陷入膠著狀況的任務……丟了避水珠，他現在想完成任務變得很困難，明明任務已經完成了大半，就只差要下水的部分了。

「等會兒你自然就知道了。」哪吒扣住雷震子脖子的手不自覺的重了幾分，只差一點點階梯了，只要把雷震子帶上去就行了。

哪吒不知道宮殿裡的人正在做什麼，也不知道現在拜訪是否適合。不過既然對方命令立即把人召回來又屏退了左右，那麼即使沒有先派人通報也不算是失了禮數，只要把十萬火急這個詞放在前面就能得到原諒了。

位處大殿的右後方有一座宮殿，這是天宮主建築群裡其中一處較少仙人出入的地方。在大家的認知中，這是屬於玉皇的個人辦公範圍，沒有召見或是特別的批准不得擅進。

現在這宮殿，玉皇暫時借給東王公使用。

東王公在天宮並沒有一個屬於他專用的地方，不是玉皇不給，而是東王公不要。為此玉皇曾抱怨東王公絕對是故意的，這樣天宮就沒有藉口經常把他叫來了。

不過現在東王公開口，玉皇也不介意把自己的地方借出來給他使用，最好在借用的期間，東王公幫他處理一下其他麻煩事。

暫用這宮殿的客人沒有落坐宮殿內的主位，主位就像是留給這裡真正的主人一樣空著，東王公只坐在客席首位，手上拿著剛才來自崑崙的信。信的內容除了意料中的客套話，還有西王母對東王公的抱怨。不過這些東王公全不在乎，全都是意料中事。

九天玄女被西王母親自看管禁足是他有意引導的結果，那位高傲過了頭的女仙是時候給她一些挫折。西王母不想主動，而對方惹到自己頭上，東王公不介意利用一下然後再送上一記重擊。

一切都有西王母的默許。

她是看著九天玄女的一舉一動卻不便插手，事情發展到現在這地步，西王母也只好讓東王公演出壞人一角，她需要一個被動的角色，而東王公也不介意賣她一個人情。

這樣一來，在處罰九天玄女的事上，西王母就只是被動角色，九天玄女心裡對王母的怨懟會減至最少，勸導起來也才有效。

雙方都有自己的打算，而這些全都在玉皇的默許下進行。

玉皇不如他表現出來的無知，居其位司其職，玉皇要掌握仙界所有仙人，凡事他都會有不同的盤算和應對手法，即使表面上玉皇好像什麼都不理，但不理不代表他不知道。

之前的事件中，從頭到尾只有九天玄女一個人陷入當局者迷的局面而看不清事實，牽連這麼廣，難道玉皇真的會不知道嗎？她以為自己所做的事已經用各種方法隱瞞了下去，但是難道真的有辦法瞞過所有牽連到的仙人嗎？

東王公不認為紫微帝君之類的仙人會什麼都看不出來，大概是向玉皇報告後被命令裝傻罷了。玉皇只是順著東王公和西王母的大戲裝傻，設個小陷阱把九天玄女引進去，一口氣解決掉這位開始失控的女仙的問題。

伴君如伴虎，這句話不只是用來形容凡間的帝王而已。

東王公不由得失笑了一下，或許玉皇唯一沒有預測到的是，那次的事情這麼快就把東嶽帝君惹上來了吧？

不過，既然麻煩到東嶽帝君司掌的地府，被帝君嚴肅追究也是必然的結果了。

再三婉拒了玉皇派人服侍的好意讓左右退下，東王公太習慣大部分時間一個人待著，他喜歡靜靜的看著外邊的熱鬧，比起參與進去，他覺得提供一個可以熱鬧的環境更適合自己的作風。

他現在也努力的做著這樣的事，而最後是否能成事，全看玉皇點不點頭，以及現在事件的發展情況。

妖道的確是經常會組織起來和仙界對抗，但是今次的間隔短了些，而且他感覺到這次的騷動有令人擔心的陰謀。

現在凡間各地零星的狀況還在天宮的控制之下，唯一讓人擔心的是曲漩那邊報告龍王失蹤的情況，而且芙蓉現在人偏偏就在那裡。這件事能巧妙利用當成歷練就最好，但他們必須做好準備應付預計中最壞的情況。

萬一妖道勢力中有什麼主要人物潛伏在那裡，芙蓉的處境就會變得十分危險，即使有水晶宮的六殿下在，也不一定會沒事。

說不擔心，連東王公自己也無法相信，只可惜他作為蓬萊之首的身分不能輕易下凡，不到萬不得已的時候，玉皇是不會讓他們這等級的仙人下凡的。現在條件還沒成熟，東王公也不希望事情變壞到那程度。

但只靠芙蓉和她身邊的人應付曲漩現在的異狀有些不足，唯一讓東王公有點安心的是，芙蓉有聽話的把他送的東西帶在身上。

仙界的天將們現在都十分忙碌的應付著各地的事，暫時沒有適合的人選可以派過去；即使要派人下凡協助，也最好找有相關因緣的人，這樣才不會影響到芙蓉的歷練。

誰讓芙蓉跑到曲漩去的，就由那個人負起責任——讓他們成為芙蓉的助力吧！

而雷震子本身已經是事件中的一環了，讓他去最適合。

「到底是誰在裡面啦！你別板著臉瞪老子卻不說話呀！」

殿門前已經聽到雷震子沒有停過的聲音，哪吒仍是一言不發，只不過在視線看到殿內的同時，哪吒放開了揪住別人後領的手，改為再次狠狠的打了雷震子一記後腦勺。

「別一直打老子的頭啦！」雷震子慘叫的踉蹌跳了幾步，以背著宮殿大門的姿態邊撫著頭、邊上完了最後那幾級樓梯。

「笨蛋！穩重一點，只會嚎叫簡直失禮至極。」擺出一板一眼的表情，哪吒站定在梯級頂時朝殿內行了一禮。

見到友人這麼謹慎，雷震子下意識的先縮了縮脖子，接著以僵硬的姿勢轉過頭，在看到宮殿內朝他微笑的人時，雷震子石化了。

他想逃走但卻不敢動，那個淡淡的微笑和看穿他心裡一切所想的眼神，更讓他感到腳軟。雷震子大剌剌的欠揍笑容也立即被愁眉苦臉取代，他現在的樣子就像是做錯事的小孩被人帶到父母親面前受罰般，下意識的就往身邊人的背後縮去。

可是以他牛高馬大的身材，哪吒不可能遮得住他，也絕對沒有打算犧牲自己成為他的擋箭牌。因為雷震子不肯動，於是最後是由哪吒拖著他走進宮殿中的。

屬於玉皇使用的宮殿自有一股堂皇莊嚴的氣勢，本身已經心虛的雷震子在這環境下萎靡不振，笑也笑不出來了。

在座的只有東王公一人，哪吒再拜了大禮，轉頭卻見雷震子呆著似的，他不著痕跡的掐了對方的腰側，讓雷震子噙淚朝東王公拜禮。

「哪吒辛苦你了。突然讓你找人也花了不少功夫吧？」

「不敢。」

「哪……哪吒你……」出賣我三個字雷震子沒法說出口，不說哪吒正狠狠的瞪著他，連東王公都瞇著眼睛的看著他。

雷震子很怕東王公，他最怕的就是到紫府那邊報到了。每次去紫府大都是因為他行為記錄有問題被召過去的，所以他早已經是東王公的熟人了。

「雷震子，知道為什麼要找你來吧？」

「是的……」沮喪的雷震子垂著頭，神經大條的他也深明錯了要認的道理。他想來想去，目前也只有一件事會驚動東王公不待在東華臺而來到天宮。

這次皮要繃緊一點才行了。

「放鬆一點沒關係，雖然是我找你來，不過……」

東王公臉上還是淡淡的笑著，但雷震子和哪吒知道東王公的心情才不像表情那般愉快，而且說話怎麼說了一半就停下來？

到底不過什麼？他下半句到底……

哪吒眼尖的看到在主位旁邊的茶桌上有一個用來呈上書信的托盤，可是從他的角度卻看不清楚裡面有沒有放東西。如果托盤裡面有信件，那會是剛才的仙鳥送來的吧？

但托盤不是放在東王公手邊，而是放在主位。

仙界中有誰可以讓蓬萊之主的東王公退坐客席？

「現在要見你們的是另一位。」

東王公說完，宮殿主位後的裝飾屏風傳來了有人站起來的聲音，下一瞬間哪吒和雷震子已經再次咚一聲的跪在地上了。

玉皇板著一張臉出來了，東王公站了起身恭迎玉皇，但同時卻換他移到主位屏風之後。

哪吒和雷震子臉色死灰的垂著頭、乖乖跪著不敢亂動一下，東王公果然把玉皇搬出來了，這次他們死定了。

「玉皇，事情就如商量好的，我先告退了。」

「後面宮殿給你用，等朕處理好眼下的事情再談。」

玉皇有點隨便的擺了擺手，他現在整副心思都留來思考要怎樣把眼前的兩個主謀和幫凶狠狠的先扒下一層皮。

東王公輕輕頷首後，無聲的來到宮殿後方。屏風之後連接著的是一個像是書房般的空間，中間放著的桌子上還有用過的、尚未收拾的文房四寶，不過原本應該還在的卷宗卻已不在，玉皇應該在出去的時候就收好了。

東王公不是來找那些東西的，他只不過是想借個地方，除了雷震子這個始作俑者必須負責之外，他們也需要凡間的幫手。

玉皇也同意，所以東王公要找一個人。

沒想到只不過是大半年的時間，他就要主動去找他了。

第七章 走吧！去湖底龍宮！

下午，匆匆從珍寶閣出來後，敖瀟和芙蓉出了曲漩城門往湖的方向飛掠而去。

這一次敖瀟沒有閒情逸致帶著芙蓉慢慢散步，他是用最快的速度飛過去的，似乎萬一遲了就會錯過什麼一樣。

敖氏一族本體是龍，在仙人之中，他們的飛行速度也是數一數二的，芙蓉被拉著飛的感覺就像是上了一匹瘋馬橫衝直撞般，比她自己駕馭彩雲飛行時要恐怖好幾倍。她若是鬆了手，以敖瀟的行進速度，她一定會在放手的那一刻不知被甩到什麼地方，說不定雙方的距離一下子就變成十萬八千里了！

除了要抓緊敖瀟保住小命，芙蓉也很識趣的閉上嘴，就怕防風法術也改變不了在高速移動中一開口就會咬到舌頭的問題。

只是眨了幾眼的飛行時間就差點讓芙蓉脫力，即使降落後她還是有一種天旋地轉的感覺，而且一站定四周就開始旋轉了。

傳了出去她暈龍的話，會不會被人恥笑？

不……應該先讓人恥笑敖瀟的飛行穩定性太差才對！

「飛了那麼一下而已，用不著暈這麼久吧？」涉嫌危險飛行的敖瀟扠著腰站在一邊失笑看著芙蓉臉色發青的蹲在地上，她這樣子讓他考慮了一下是否需要找一個木桶讓她吐，雖然這裡是荒郊野外，在地上挖個洞比較有效率。

「我喝了一早上的茶水，午飯還沒吃，肚子空空的就被你帶著這樣飛出來，我不想吐才怪了。」

好不容易天旋地轉的感覺好些了，芙蓉緩緩的睜開眼睛，四周是凝結成一絲絲白紗般的濃霧，視線中這些霧仍是圍著她在轉似的，她已經不分出是世界在轉還是她的眼珠子在打轉。

經過這次教訓，以後要飛絕不可以讓敖瀟抓著飛，會暈死人的！

「為兄已經特別遷就飛慢了，再說妳也是仙人，難道一定要三餐飽足的嗎？」敖瀟伸手拉起芙蓉，要她站起身來。「時間不等人，要下湖底去了。」

扶著額角搖搖晃晃的站起身，芙蓉給自己按摩了一下太陽穴後才拍了拍衣裙上沾到的草屑。因為霧氣令這一帶的濕氣變得很重，芙蓉討厭的看了看沾到手上的微濕草屑。

她真的不喜歡潮濕的地方。

「我說敖瀟，有必要趕得這麼急嗎？即使要來，也不是前一秒提出、下一秒就出發吧？難道都不用先準備一下？」動作緩慢的跟在敖瀟身後一邊抱怨一邊走著，她雖然人已經跟著出來了，但心裡還是覺得這行動十分無謀。

「準備什麼？」

「遇上敵人的應變措施。」芙蓉回答得十分認真。

這次有關龍王的事情，她從頭到尾都是被動的參與，自己還沒有擬過任何的對策方案，什麼準備都沒有就正式上場感覺太不踏實，成功是留給有準備的人不是嗎？她現在什麼準備都沒有，不就是等著要失敗了？總不能期待人品爆發讓自己一次又一次順風順水的度過吧？

「哪有時間做那種事呢？」敖瀟像是看到怪獸般看著芙蓉。「觀察浮碧已經花夠多的時間了。如果他的記憶真的被人封住，沒法從他口中得知事情的始末，那為兄就不得不先從湖底龍宮內的情況開始調查，這是理所當然不需要任何計畫的。」

但我不是你肚子裡的蛔蟲呀！芙蓉在心裡嘀咕著。

本想要賭氣的不跟著走，但看了看四周的濃霧一眼後，她不爭氣的伸手抓住敖瀟的衣袖一角。四周如墜十里迷霧，連東南西北都看不清楚，視野大概只有三步的距離，敖瀟身上又戴著藏匿氣息的寶貝，如果讓他離開視線範圍，芙蓉就只能站在原地等他回來認領了。

跟著敖瀟的腳步，芙蓉只知道自己已經走到湖邊，但是距離水邊有多遠卻無法拿捏得準。這種

看不清四周環境的情況讓芙蓉感覺很不舒服，她抓住敖瀟衣袖的手不自覺的緊了緊，引起了敖瀟的注意。

敖瀟轉頭先看到芙蓉的頭頂，她正不安的四處張望，神情有點像不安的小動物般，看得敖瀟不由得勾起了嘴角。他心裡不禁想著這丫頭嘴巴就是逞強，明明已經怕成這樣子了，還努力的裝沒事，恐怕她都沒有意識到自己的手拉他的袖子拉得很緊吧？說不定要是現在從濃霧中飄些什麼東西出來，芙蓉就會嚇得尖叫了。

真想試試看她是不是真的會尖叫。不過，現在應以大局為重，這種惡作劇念頭敖瀟也只是想想罷了。他知道帶著芙蓉出來有一定的危險性，但不帶她來，芙蓉一樣會千方百計跟來，不如一開始就把她帶在身邊看著好了。

今天來龍宮一趟，不一定能知道浮碧失去記憶的原因，但與其枯等，不如主動調查，而且事到如今，敖瀟也只有用這方法來了解一下浮碧到底發生過什麼事了。

來到湖邊，敖瀟領著芙蓉浮空走到湖中心，同時撤下了濃霧的法術，四周的能見度逐漸好轉。

「我們要怎樣下去？」看著冷冰冰的湖面，芙蓉癟嘴，現在天氣這般冷，她不想下去游水呀！

「妳是認真的嗎？為兄不是已經給妳避水珠了嗎？我們當然是直接潛下去。」

「哦……」芙蓉低頭看著深不見底的湖面，雖說濃霧已經散開一點，但天空上滿是烏雲，也沒有多少陽光透下來，整個水面給人黑漆漆的感覺，連裡面有沒有魚活著也看不清楚。

看著如深潭般的水色，直覺告訴芙蓉水下面一定有些什麼不妥的東西，但是有什麼不妥，她又說不上來。這種感覺就像是之前兩次感應到不明的視線般，難道她的靈氣感應又出問題了？

來到曲漩後，芙蓉一直覺得靈氣的流動很亂，似乎有很多外來事物阻礙了靈氣的流向，就好像敖瀟身上帶著寶貝，所以芙蓉一開始感覺不到他人就在曲漩；在花街查探還有救出浮碧那天，芙蓉在街上也只感覺到視線而找不到人，她有懷疑過是否因為對方身上也帶著藏匿用的寶貝。

但是那種寶貝並不容易得手，而且妖道有膽子對一整個龍宮動手，表示人數一定不少，難道每一個身上都有寶貝嗎？寶貝又不是大白菜隨便買就買得到！

靈氣被干擾，芙蓉的特技就派不上用場了。

芙蓉認為自己在浮碧的事上應該能幫上一點忙，只不過她仍在猶豫是否等浮碧回到仙界後，這事情再讓其他仙人來處理呢？畢竟由她來做的話，似乎不太合適吧？

在芙蓉想東想西時，敖瀟已經準備好要下水了。

和芙蓉不同，本體是龍而且負責司職雨水的敖瀟並不需要動用避水珠這類寶貝，何況他也不介意濕身。

「現在不是發呆的時候，芙蓉。」

芙蓉回過神，摸了摸戴在手上的小巧珠串。接收到仙氣的避水珠透出微微的光，在芙蓉身邊構築了一個剛好能包住一個人的球狀空間，一層水膜充當球的外層，芙蓉好奇的戳了戳水球試試手感，觸感滿像是涼糕的。

雖然避水珠形成的水球看上去感覺有點靠不住似的，但有了它，跟著敖瀟下潛到湖底就不怕弄得一身濕。

即使皮膚沒有直接接觸到湖水，芙蓉仍能隔著水球感受到初春冰冷的水溫。如果是夏天的話，芙蓉倒是不介意下水討個涼快，但現在她不想成為第一個因為風寒而要臥病在床的女仙。

敖瀟領在芙蓉前面，他整個人像是融入水中般，一頭泛藍的長髮在水流中飄蕩著，跟在後方看著的芙蓉覺得非常像水草。

游著游著，芙蓉不期然的想難得下水，敖瀟會不會心情大好的變回原形泡一下水？

要是他突然變回原形被人看到的話，那就糟糕了！從此曲漩應該會傳出有蛇怪佔據了湖的怪談，而且敖瀟之前設下的濃霧也會歸咎於蛇怪出沒。

雖然變成這樣的怪談其實並沒有距離事實太遠，但設定成蛇怪卻是芙蓉的偏見。她不喜歡滑溜溜的蛇，她身邊也沒有從蛇精得道的仙人，把蛇妖魔化也不會有熟人出來找她算帳；再說，凡人對於未知又神秘的狀況不是當成神仙顯靈就是妖怪現身，而處在此時陰暗的天氣下，又在一個濃霧剛散的湖上看到長長的不明生物，絕對會當成是妖怪現形的！

可惜芙蓉的妄想沒有成真，敖瀟很認真的帶路，完全和水流融為一體的他像游魚一樣往水裡潛，越往水底潛去，周圍就越黑也越冷。

芙蓉不知道這湖有多深，以她過去唯一一次到訪水晶宮的經驗，接近龍宮的所在地就會越光亮，那全是用上很多夜明珠般的寶珠還有法術維持照明的效果。

所以，仙界水域的水晶宮一直是仙人們的旅遊熱門地。

加上仙界水域的水不像凡間這樣深沉無光，水波把仙界天空的七彩彩霞隔開，在映著彩霞色彩的一束束銀色水流下，一座以華美晶石打造的宮殿聳立水底，漂亮的建材和七色水流互相暉映，讓宮殿發出像是明珠般的圓潤光澤。

芙蓉記得自己第一次看到水晶宮時，也為了那一片美麗的景色而目瞪口呆。那時年紀小，不懂得用漂亮的辭句形容水晶宮的美，不過留在她印象中水晶宮的美麗是和仙界其他地方不一樣的，有一種遺世獨立的神秘美感。

不過在感受這神秘美感的同時，芙蓉發現了水晶宮主要住民的真面目。那次之後，除了潮濕這個原因，芙蓉不願意再踏入水晶宮的範圍一步了。

憑著過去拜訪水晶宮的體驗來判斷這次湖底龍宮之行好像不太恰當，芙蓉感覺已經下潛了很久，這樣的距離應該早就看到那屬於龍宮外圍的珍珠色澤了。但四周仍是一片黑，芙蓉差點連身前的敖瀟也看不清楚了。

說時遲那時快，在前頭領路的敖瀟突然停住，包住芙蓉的水球直直的撞上了敖瀟的後背。敖瀟在水中的身法很靈敏，行進間收放自如，一個轉身便把水球撞上的力道卸去，手再一撥，包著芙蓉的水球就依他的手勢穩穩停在他手邊了。

「我們到了。」

「咦？到了？」芙蓉四處張望著，卻連宮殿的影子都沒有看到，想要開口問，但敖瀟臉上悲傷的神色讓她把話收了回去。

之前敖瀟說過，浮碧都下落不明了，想必湖底龍宮裡的蝦兵蟹將也早已覆滅，否則不會無視他這個水晶宮的六殿下到訪。

眼前這一片漆黑的水底說不定就是失去了生氣的龍宮，沒有了龍王加持的法術，裝飾宮殿的夜明珠被奪走，失去了光線，即使是仙人的宮殿也只剩下一片淒冷。以前這裡再生氣勃勃也好，現在只剩下一片死寂。

芙蓉不由自主的想起留在京城的李崇禮失去王妃時的情況，連那樣沒深厚感情的夫妻失去一方都會這麼傷感，更何況敖瀟現在看著這片曾是自己的同胞、部下生活的地方變成一片死域，他心裡一定很難受。

幸好敖瀟沒讓浮碧跟著一起來，那位龍王要是看到眼前的景象，他會受得了嗎？浮碧看上去是很堅強的樣子，但一下子失去了整個龍宮的直屬部下，這些全都是和自己朝夕生活的伙伴呀！

「芙蓉妳可不要哭出來，不然為兄也不知道該說什麼來安慰妳。」站在前面的敖瀟沒有回頭，他的語氣少了一貫的高傲，多了幾分嘆息。

原本被氣氛影響快要紅了眼的芙蓉聽完這話後強打起了精神，她在心裡替自己打了打氣，現在的確不是傷感的時候，也沒有多餘的時間思考安慰敖瀟或是浮碧的話，此刻的他們不需要這些同

情，好聽的安慰話或是對逝者的哀傷與追悼現在都應該先擱下。

他們要的是真相，不能讓他們犧牲得不明不白。

而真相，是要他們自己去找出來，敵人不會這麼老實跳出來交代一切的。

「你才是！敖瀟你要是哭了我一定會說出去的，把你這丟臉的一面公諸於世。」

「大丈夫有淚不輕彈，芙蓉妳難道沒聽過嗎？」

敖瀟說得很平靜，和面對浮碧時的態度完全不同，他現在就是一軍之首般的冷靜、沉穩。芙蓉不由得被他的表現感染而肅穆起來，連敖瀟都這麼凝重，她也不得不收拾好心情才是。

敖瀟把手伸出去停在胸部水平的位置，他的指尖像是碰到什麼障壁般，一道道漣漪從他指尖的位置擴散出去，然後從漣漪的中心處，湖水像是被掀開了般，開出了一條圓形的通道。

通道延伸下去是黑漆漆的一片，芙蓉知道等一下敖瀟會用法術照亮，說不定出現在眼前的會是慘不忍睹的畫面。

敖瀟轉過頭看了一眼已經屏住呼吸的芙蓉，知道她已經準備好了，他才掀開黑色的布幕。

敖瀟的法術尚不足以點亮一整座湖底龍宮，大部分的地方仍是光線幽暗，活像陰影之後藏了什麼可怕的東西似的。

這裡不同於用晶石建成的水晶宮，屬於浮碧的這座湖底宮殿和他給人的感覺一樣，有一種儒雅之餘還有像是將門般的氣勢。要是在和平的日子到訪，芙蓉一定會衷心的讚賞這座沒有敖氏暴發戶感覺的美麗宮殿。

可是宮殿範圍內，一些逝去的魚蝦卻讓芙蓉一下子咬著脣、紅了眼，親眼看到一切的心理準備都沒了用，這情景實在無法忍得住心裡湧出的傷感。

「唉……」輕輕的嘆息從敖瀟的口中溜出。

在正式踏入龍宮的範圍前，芙蓉轉過了身，給敖瀟一點時間處理那些已逝的水晶宮成員。雖然自己剛才說要把敖瀟流淚丟臉的一面說出去，但是芙蓉覺得一汪眼淚的自己，模樣要更丟人一些。

沒多久，敖瀟已經把那些犧牲者安置好。

芙蓉隨著敖瀟走進已經空無一人的宮殿，大殿四周顯得有些殘破，還有一地混亂過後的痕跡。從剩下的這些物品，芙蓉猜得出當時這裡的情況應該很轟烈，地上和柱子上都留下了深深的裂縫。

龍宮內的結構芙蓉並不了解，她只感覺到這裡毫無一絲屬於活物的靈氣——這裡沒有仙人，連

一些帶有靈氣的寶貝也沒有了，整座宮殿裡裡外外都被敵人掏空，連照明用的夜明珠都一顆不剩。

「敖瀟……」

光看宮殿的殘破情況就能推斷出敵人很強大，但芙蓉卻覺得很奇怪，現場的凌亂是一下子發生似的，不像是有人大舉入侵，也就是說敵人的人數不多嗎？但如果對方人數很少，又怎麼能在打敗以浮碧為首的戰士之餘，再把龍宮上下屠搶個空？

芙蓉猜不出敵人用的是什麼手法。看著空無一人的龍宮，芙蓉也不知道從什麼角落開始找尋解開浮碧是怎樣被封住記憶的線索。就目前現況來看，她只能判斷出敵人很貪心，殺人之餘不忘完完全全的把所有寶貝搶走。

龍宮變成這樣子，自己的同胞被殺死，敖瀟會很生氣吧？芙蓉有點擔心四周會開始結冰。敖瀟要是氣得發出寒氣就算了，畢竟沒有反應的他更加可怕——像現在芙蓉喊他幾聲，他都沒回話，只是一直往宮殿的深處走去。

芙蓉看得到的景象同樣落入敖瀟眼裡。

比起芙蓉的感覺，敖瀟其實更激動，生氣二字已經不足以形容他現在的心情。

他非常憤怒，但正是因為處於憤怒的狀態，他更加告訴自己要冷靜。敵人故意把那樣子的浮碧交回給他，想的不外乎是用浮碧當時的慘狀打擊和激怒他們，豈能如對方所願！

敖瀟比芙蓉對敵的經驗豐富多了，他只看了幾眼便已判斷出敵人很強，而且來犯的就只有一人。單憑一個人就足以掀翻他們一座龍宮的實力，不禁讓敖瀟想起某隻混帳臭猴子。

雖然把敵人放大到那地步實在不是敖瀟的作風，但他不能因為心裡不暢快而否定對方可能擁有的實力。

唯一慶幸的是龍宮現在什麼都沒有了，把這裡搬空的敵人應該不會回頭再來這裡。

「竟然連定水珠也沒有了，到底要這些東西來幹什麼？」

敖瀟想不明白敵人搶走這類寶貝的目的，定水珠的作用只是用來穩定水界，並不是有什麼特別大用處。

他帶著芙蓉巡了一圈，芙蓉不捨的把那些掉到地上的東西一一撿起來放好，像是一種供養般。

「定水珠不也是寶貝嗎？」芙蓉不解的問。雖說一般的定水珠和水晶宮最有名、曾經被搶走又還回來的定海神針等級差了很多，但這種不算常有的東西水晶宮平時也寶貝得很，出身於貪錢怪敖氏一族的敖瀟不應該用這種口吻來說吧？

「相比其他寶貝，定水珠只是一般貨色，實在沒必要為了這一顆定水珠而屠了龍宮。」敖瀟皺起眉頭，這一點他想來想去也想不明白，如果是水晶宮內那些珍寶，倒是值得敵人冒險搶奪一下。

「屠了……」芙蓉黯然的垂目嘆著氣，她長這麼大第一次親眼看到屠殺的場面，雖然沒有血淋淋，屍骸也不像凡間戰爭時那麼駭人，但是大量生命逝去後留下的氣息卻讓人傷感，即使從沒見過面，她仍生出無法置身事外的感覺。

她才彎下身想撿起一個原本應該放在飾架上的琉璃瓶子，走在前面的敖瀟突然退後了一大步，伸手把芙蓉的手臂往後拉，這個突如其來的動作嚇了芙蓉一大跳，原本已經拿在手上的琉璃瓶擺飾也摔回地上去。

半透明的碎片像是盛極而衰的花朵般化成一片片花瓣散開，清脆的碎裂聲音在空蕩蕩的宮殿中響起，但令人在意的不是這一聲像警鈴的刺耳聲響，而是隱藏在那背後的腳步聲。

芙蓉不禁感覺毛骨悚然，明明雙方的距離近到已經足以聽得見對方的腳步聲，她卻還沒感覺到對方所擁有的氣息。要不是有聲音，芙蓉連有人接近也不知道。

腳步聲漸漸的移近。

隨著對方的接近，敖瀟身上的威嚇毫無保留的散發出來，突然迸出的冷意讓芙蓉忍不住渾身起了雞皮疙瘩。

望向腳步聲傳來的方向，那裡像是有一道黑色的布幕般，隨著對方的接近，這幅無形的布幕似乎被戳破了一個洞，首先出現在眾人眼前的是一雙黑色靴子，接著才是那惹眼的袍角。

明明人就在眼前了，芙蓉竟然感覺不出來對方是個活生生的人，即使對方在走動，卻讓她覺得有如死物一般。就像慢慢翻開畫卷時，隨著畫紙攤開才看到畫上的人物那樣，敵人出現得是如此的慢條斯理。

芙蓉已經把鞭子拿到手上，這個敵人的出現讓她莫名的有種熟悉但又很討厭的感覺。作為一個隱藏功夫了得的高手，應該利用對手察覺不到自己的存在而進行突襲吧？

換了是芙蓉的話，她一定會這樣做，反正道不同不相為謀，也沒必要和對方談什麼道義，而且對方一身的妖魅之氣，可見不是個什麼好東西，從根本上也十分適合幹這種見不得光的偷襲。不過，芙蓉很想建議他應該先換下一身紅彤彤的打扮。

他的出現伴著一聲聲的輕笑，沒有人知道他在笑宮殿的慘狀還是笑敖瀟的嚴陣以待，只是他的輕笑聲卻讓人不敢忽視他的存在。

他到底是怎樣做到無聲無息來到這麼近的距離？他又是怎樣進來的？

俊男美女在仙界隨手一撈就有一大堆，所以長得一副好皮相的仙人芙蓉看過不少，下凡後更連千年狐狸精也見識過了——雖然芙蓉對塗山的狐媚程度有一點保留，但塗山的確是個魅惑力十足的男性。

而眼前的這個男子……應該是男妖吧？

除了危險之外，芙蓉覺得他比塗山更多了幾分迷惑世人的氣息，過分的綺靡，像是華麗至極後演變成一種墮落的氣質。

對於以靈氣化身而生的芙蓉來說，她代表的是生氣勃勃，而對方這身到了極點後再下墜的氣質正好和她相反。

本質上，芙蓉非常抗拒對方出現在自己的面前。

那個男子沒有說話，只是用一張笑得讓人覺得變態的表情打量著四周，他的眼神表現出四周慘淡的環境好像很有趣似的，看看左邊呵的笑了一聲，又看看右邊勾起嘴角。從他出現的那一刻開始，他就一直無視敖瀟的威嚇，自顧自的悠然參觀著，不時還湊近去看那些被芙蓉擺回去的飾品，呵呵的笑出來。

「來者何人！」

敖瀟怒喝一聲，芙蓉覺得自己還有隔在龍宮外的水都被這一聲警告所震動，唯一不受影響的就只有那個入侵此地的青年。

正在看著擺設的青年轉過頭笑眯了一雙眼睛，芙蓉和敖瀟這才看清楚那雙有著一道銀圈的妖異眼睛。

芙蓉寧願自己沒有看到。

她不喜歡這雙眼睛。即使視線沒對上，芙蓉還是有種對方的視線變成了一條滑溜的蛇爬過她皮膚的感覺。

第八章 人家討厭像蛇一樣的變態！

「喔呵！這位一定是水晶宮的殿下了？真是榮幸在這裡見到你呢！」

青年雙手交叉抱在胸前，站定在敖瀟和芙蓉的前方，一身鮮紅的異邦打扮十分不合時宜，他站在龍宮之內就好像把這裡犧牲的生命的鮮血染在身上似的——這個人是凶手，他的出現給人這樣的感覺。

他就是造成龍宮這般慘狀的凶手吧？是他把浮碧弄成那樣子的嗎？

想起在人販子據點找到浮碧時的情景，芙蓉打了個寒顫。浮碧那身傷就是這個人下的手，到底他是什麼心態、為何把別人傷成這樣？

沒有俐落的殺傷對方，故意不打要害，用折磨一樣的方法令對方慢慢失去反抗能力……說不定浮碧在失去意識之前都是眼睜睜的看著自己無力拯救龍宮的住民，只能咬牙看著他肆意破壞。

「大言不慚！作為妖道竟膽敢如此高調闖進龍宮，那麼該有什麼下場應該很清楚了吧？」

「呵！」

對方只是用一聲反問般的笑聲作回應，甚至連正眼都沒有看敖瀟一眼。這位青年的靴子在地板上敲出獨特的音節逐漸靠近，接觸到對方視線的芙蓉不自覺的往敖瀟身後縮了縮，把敖瀟當作一個擋箭牌來擋住青年的注視。

芙蓉握緊手裡的鞭子吸了口氣，在這千鈞一髮的情況下她必須打醒十二分精神，絕對不可以因為分心而增加敖瀟的負擔。

但是芙蓉的所有心理準備在下一秒就被突然出現在眼前的青年打得粉碎！

如黑曜石的眼睛中帶著一道銀圈的日蝕眼、透著不明的興奮出現在芙蓉眼前，他無聲無息，更沒有人發現他到底是用什麼方法閃身來到她身前的。

芙蓉愕然的睜大眼睛，對方的身影近距離映照在她的眼睛上，近得連對方的氣息都能清楚感覺得到。芙蓉驚駭的退了一步，因為青年已經伸出手，眼看就快要碰到她的臉頰了。

「我叫赤霞，妳叫什麼？」

他的表情像是狂喜又像是演戲，乍看之下就像是認出失散多年的至親、還要和對方相認一樣，要不是芙蓉退得快，說不定這個青年已經抓起她的手，表現出一張感動落淚的臉了。

芙蓉被他的表現嚇得無法反應，不說他是敵人，就算不是，她也不可能對一個可疑的狂熱分子報上姓名吧！

這時，她的腦子呈現當機狀態，對方的過分接近令她討厭，同時還有些不知道該怎樣解釋的情緒——那是既抗拒又帶著同情的感覺，她被這種感覺嚇壞了，她怎麼會對一個初次見面的敵人，而且是屠了一整個龍宮的敵人生出同情心？她的頭就算是被驢踢了也不該有這樣的感覺呀！

這一定是妖術！

才這樣想，芙蓉猛地向後一縮，她剛才被不著痕跡的摸了一下！

那是冷冷的、沒有溫度般的觸感，不是低溫到冰的感覺，而是他的體溫陰冷，令人覺得不是活人的溫度，但卻又比死人要來得暖。

芙蓉尖叫了一聲，反射的揮手拍開他的手，臉色青白的退後了兩步。單單兩步雖未能讓芙蓉解困，但她現在只有把握退後這麼多，再多一步，非禮她的青年恐怕就會有更大的動作。沒有把握前，她不能太過刺激他。

直覺告訴芙蓉眼前的妖道青年赤霞很危險，在這裡她和敖瀟是拿他沒辦法的。

被一個陌生人摸到耳珠子和臉頰自然十分噁心，但更令芙蓉反感的是對方手上的溫度，還有依附在他身上像是惡意般的邪氣。

「混帳！」

相比芙蓉刻意維持冷靜，敖瀟憤怒的朝無禮者攻擊，當中有部分的怒火是敖瀟對自己看漏眼的懊惱。

敖瀟的自尊心很強，個性也是高傲到不行，自己才在心裡說了會護好芙蓉沒多久，敵人竟然就在自己的眼皮底下來到芙蓉身邊還輕薄了她，這比當面搧他兩巴掌更加屈辱。

敖瀟擊出的手刀帶著狠勁劈向赤霞的後頸，他原本是這樣打算的，但是攻擊卻落空了。如此近的距離和電光石火之間，他的攻擊竟然被赤霞輕鬆擋了下來。

赤霞明明站在敖瀟身後，但他卻像是後腦長眼似的精準的擋住了敖瀟劈來的手刀，擋下攻擊後還悠哉的轉過頭來愉快的笑了一下。敖瀟的手刀被他輕輕的用手腕位置攔下來，赤霞那帶銀圈的雙眸滿含愉快的笑意，視線在芙蓉和敖瀟之間來回掃著，這般輕佻的態度讓敖瀟下了殺心。

一瞬之間，敖瀟長長的一頭泛藍鬈髮無風飄起，一雙豎瞳只留下凶狠殺意。

高手過招只須一試就能知道對手的實力，敖瀟雖然外表斯文，可卻是水晶宮眾位皇子中最擅長拳腳白刃戰的。比起舞刀弄劍，敖瀟認為親手把對手擊潰比較直接，但這不代表他不用武器，事實上敖瀟自己有一柄上好的寶劍，只是甚少用到罷了。

芙蓉趁機逃了開去，她全身的寒毛都嫌惡的豎了起來，她的思緒被自己竟然被輕薄一事佔據，這打擊實在太大了。如果現在身處安全的地方，她一定飛奔去打水洗臉，最少要把皮洗掉一層，她才覺得被汙染的部分清洗乾淨了。

但是現在不行，這裡不是安全的地方，雖然現在眼前只有一個敵人，可是真的只有這個紅髮青年潛了進來嗎？芙蓉不太相信對方真的是單槍匹馬的闖進來。

敖瀟和赤霞的對峙只維持了幾秒，微妙的平衡被赤霞的發言打破。

「難得摸到了又嫩又滑的觸感，我現在不想和男人對打，這會破壞手上美妙的感覺。」

赤霞說得一臉的遺憾而且表情認真，活像這番話是他深思熟慮後才說出來的。他看了看敖瀟後，不捨的看向已經退後好幾步的芙蓉，赤霞看了她鐵青的臉色後勾了勾嘴角，接著故意嘆著氣，把視線移到自己擋住敖瀟手刀的手腕，他就一直用微妙的姿態格住敖瀟的手刀。

從白刃戰的技巧或是兩人身處的角度，赤霞其實可以抓住敖瀟的手反過來攻擊，但他執著的不肯碰敖瀟一下，就是因為他的手剛摸到芙蓉的臉頰——赤霞認為要是摸了別的東西，那感覺就會消失得一乾二淨，特別是碰到一個雄性生物。

「無禮！」

敖瀟眼中像要迸發出憤怒的火花，他轉手抓住赤霞，固定了雙方的距離後起腳猛踢了過去，一聲肉體碰撞的悶聲響起，可是敖瀟的臉上卻沒有勝利的笑容。

硬吃下這一擊，理所當然會讓受襲一方痛苦萬分，敖瀟是本著把對方一腳踢殘的信念出腳的，而他的確命中了目標。可是硬扛下這一擊的赤霞臉上仍維持著一個異常的笑容，這笑容好像在說敖灕的一擊對他而言，像是被蚊子咬了一下般不痛不癢。

「呵！」

這笑聲令人毛骨悚然的打起寒顫，就連敖灕也禁不住嫌惡的皺了眉頭。

「殿下踢得好重呢！」

赤霞側著頭發出像是抽氣的呻吟聲，如果他不是在剛才笑了一聲，他的演技的確能讓人以為他真的受了傷。

那雙不祥的日蝕眼帶著幾分不快的盯著敖灕，而敖灕竟然放手退開了幾丈距離。預期會有的攻擊卻沒有發生，重獲自由的赤霞站直身體伸了個懶腰、又鬆了鬆手腳的關節，到最後他輕輕拍去衣衫上沾到的灰塵，不過並沒有用摸過芙蓉的那隻手。

他彈了彈指，隨即出現了一只雪白的手套戴在摸過芙蓉的手上。

芙蓉真想大叫一聲變態，這個思想完全偏離正常人範疇的青年竟敢做出這樣的事來！

但她終歸只敢在心裡罵，畢竟自己還摸不清對方的身法。芙蓉害怕要是刺激到這個變態，等會兒他一個閃身又來摸幾下，那他就圓滿了——雙手都可以戴手套了！

現在他們三人分別站在不同的位置。不過，芙蓉比較靠近敖瀟，並且還刻意往敖瀟的後方慢慢挪去；因為真正對峙的是敖瀟和赤霞兩人，芙蓉知道以自己的實力是沒辦法插手待會可能發生的戰鬥，所以她要做的就是別扯敖瀟後腿，可以的話幫個忙偷襲一下也不錯。

但是她十分緊張，比單獨面對姬英的時候更緊張。

明明那個時候姬英也想殺她，那份殺意芙蓉到現在仍記憶猶新，但眼前這個笑得很令人不舒服的青年，卻讓芙蓉覺得更可怕。

芙蓉感覺不到赤霞有針對自己的敵意，可是卻知道對方一定對自己有什麼意圖，他那雙妖異的眼睛盯著她就像能把她看透了一樣，她讀不出那雙日蝕眼中表達了什麼意思，只知道他的視線讓她心慌。

「凡間不是有言窈窕淑女，君子好逑嗎?這一點我十分贊成那些凡人的想法。」

身穿異國情調衣飾的赤霞說起詩詞給人一種彆扭的感覺，他一身紅加上渾身給人強烈血色印象的氣質和詩詞完全搭不上，他這樣的人誰敢讓他君子好逑！

作為當事人，芙蓉實在忍無可忍的打了個寒顫。她的反應似乎沒為赤霞帶來一絲不快，即使她再靠向敖瀟那邊幾步，他也沒任何的動作，反倒是敖瀟擔心赤霞隨時朝他攻擊而示意芙蓉不要太過接近。

敖瀟並不知道名叫赤霞的這個妖道青年出現在這裡有什麼目的，如果他是想跟蹤他們從而得知龍宮還有沒有寶物被藏起來的話，那他也太早就把自己曝露出來了。

敖瀟也不認為對方是故意想把自己留在這裡，畢竟殺了他比殺了浮碧更麻煩，那麼對方來此處是為了什麼？

他不由自主想到了芙蓉，雖然他本人是不愛相信預感之類不確定的事物，但他隱隱覺得赤霞會出現在這裡的目可能是為了芙蓉。

當然，他也不相信以赤霞的實力現身只是為了調戲芙蓉。

赤霞一定還有其他的原因和目的，沒完成之前他不會撤退；而敖瀟也不可能眼睜睜的任由他自出自入，雙方無疑絕對會有一場惡鬥。

「口出狂言！你敢碰她一下，本殿下要你死無葬身之地！」

「呵！我倒是想看看水晶宮的殿下要怎樣置我於死無葬身之地呢！」

赤霞是故意挑起敖瀟的怒火的，他每一句話的態度讓人覺得他既是認真又像是在作弄人。芙蓉不知道該怎樣形容，她只覺得赤霞的情緒讓人捉摸不定，但不像是在作假，反而全都是真的。赤霞這個妖道十分認真的在說變態話，也是出於本意做出那樣的表情，這些都不是為了故意要噁心別人，而是出自真心。

芙蓉覺得敖瀟說不定比她更忍耐不了赤霞的存在，而且她擔心看上去已經不太冷靜的敖瀟打得過那個真正的變態嗎？

赤霞無疑是很強才敢單槍匹馬前來，而且變態的想法是不能用常理理解的，赤霞有可能不按牌理出牌；再者，他們連他到底是什麼妖怪也不清楚，真的有辦法對付他嗎？

「就讓我看看你還有什麼能耐！」

敖瀟冷冷說完，淡藍的閃光在芙蓉的視線中不停閃現，一柄透明的長劍在敖瀟手上憑空而出。

芙蓉第一次看見敖瀟的佩劍，從劍身到劍柄全是透明的，就像是用冰塊直接雕琢出來的裝飾品，但是劍和人一樣以華麗的外型包裹著危險的內在。

這柄劍一出現，宮殿四周的空氣已經凍得凝固了起來，連芙蓉也得要認真的用仙氣保護自己以免被寒氣侵體。

連壓箱底的寶劍都拿了出來，看來敖瀟是動真格了。

敵人這麼強，沒讓潼兒他們跟著來真的是正確的決定！芙蓉一邊想，一邊在袖子中摸出了一早就準備好的救援信箋，援兵不現在叫還待何時！

只要把手上的信箋點把火就足夠，現在有敖瀟拖住赤霞，正好給她機會這樣做。但當芙蓉想要點火時，她駭然發現自己竟然不能動，無論她使上多大的氣力都沒辦法動上半分。

這不能動的感覺和被下定身法術有點不同，經常接觸到高階定身法術的芙蓉很清楚中了法術會是怎樣，整個人會僵住般連一根手指也動不了，但現在不一樣，芙蓉覺得自己的手腳像被什麼束縛住，頭倒是能活動自如。

她以為敖瀟也和自己是同樣的情況，可一看打得正激烈的方向，卻發現只有她一人動不了。但駭人的是，和敖瀟纏鬥的不是赤霞，而是一個穿著灰色斗篷的人。

什麼時候多了一個灰衣人？那麼赤霞……

正當芙蓉這樣想的時候，有什麼預感觸動她轉過頭，然後她看到了那一抹自己現在很討厭的紅色影子。

「可愛的女仙拿著這麼危險的東西怎麼行呢！」

說時遲那時快，一隻沒戴手套的手從芙蓉身後伸出、握住了她拿著信箋的手腕，那冰涼的觸感跟他輕薄她的臉頰時一樣，更過分的是赤霞現在故意彎身靠在芙蓉身後，他的嘴唇就貼在芙蓉耳邊，他說話的聲音和氣息讓芙蓉滿身雞皮疙瘩冒得更嚴重了。

此刻的她動不了，無法反抗！

但芙蓉依然死命的努力掙扎，她不想和這個陌生青年碰觸，想要甩開他的手，想要擺脫像有毒蟲爬在身上、像要被擄獲的感覺。

她現在不就像隻被蜘蛛捕獲的小蟲子嗎？

雖然不想用蟲子來形容自己，但真的太像了！她就像落在蜘蛛布下的網中動彈不得，而且這張蜘蛛網的主人是個變態，根本不知道他會幹出什麼事！

芙蓉咬牙忍耐著，現在她沒辦法把這個無賴登徒子打走，但她仍是有辦法讓對方受到應有的教訓。只是她需要一點點時間，在那之前她忍！

她會要他好看的，不會讓他得意洋洋的揚長而去！

「芙蓉！」

敖瀟狠狠的砍了不知從何處而來的灰衣人一刀。

論實力，灰衣人並不是敖瀟的對手，他不用花很多時間就甩開了對方，往芙蓉的方向趕去，但當敖瀟踏入某個範圍時卻驚訝的停了下來。

芙蓉眼看敖瀟的動作非常不自然的停下，不是出於自主，而是外力令他的動作定住了，就像是她現在的情況一樣。

這種在一定範圍內有效的法術，大概就是赤霞的後路吧?連敖瀟也沒有察覺就中了埋伏，不得不使出法術炸了地面才得以脫身。

在爆風的煙塵之中，敖瀟看到芙蓉朝他做了個放心的口型，雖然敖瀟並不會因此真的放下心來，但他暫時無法破解以赤霞為中心的法術是事實，他硬衝上去只會落入敵人的掌控，連他也身陷囹圄的話非但無法救芙蓉，連把消息傳回去的機會都沒有了。

「浮碧也是栽在這手段上的吧?」敖瀟低聲下了個肯定的結論，赤霞這邪門法術連他也能制壓，浮碧一個人或許能全身而退，但有一整個龍宮中的部下在，他自己也走不了，難怪會落入被俘的下場。

事到如今，他只能先對付那個灰衣人，把灰衣人打倒後再想辦法救芙蓉了。

赤霞又怎會不知道敖瀟心裡在打算什麼，他只是故意做出一副無視敖瀟的樣子罷了。赤霞從後方拉起芙蓉的手，用很溫柔的力道把她的手心轉過來，拿走她手中的信箋。

信箋中寫的只是簡單幾句話，但怎麼說也是私人信件，被人擅自查閱絕對不是件愉快的事，而無禮者看得津津有味的臉更令芙蓉火冒三丈。

「原來妳叫芙蓉，是木芙蓉？還是出汙泥而不染的水芙蓉呢？」

從敖瀟的叫喊還有信箋的署名，赤霞已經知道芙蓉的名字。對於這位自己很感興趣的姑娘，赤霞明知道她會拒絕回答卻還故意詢問幾句——當然，他想怎樣叫就怎樣叫。

他親暱的在芙蓉耳邊喊著她的名字，成功挑起了芙蓉的反感。

「是哪種都不關你的事！」芙蓉冷冷的說，她連頭都沒有轉，因為怕一個轉不好會碰到對方的臉。她真想給他一個大白眼，如果眼神能殺人，她已經殺他很多次了！

她的名字才不是給變態毒蟲叫的！名字的意思更不是給變態去猜的！

赤霞覺得逗這個女仙太有趣了，她那嫌惡的表情讓他不由自主的想要多做些惹她生氣的事，他很喜歡摸到她的觸感，不只是因為這個女仙白白嫩嫩，而是因為他覺得她很溫暖。

正想故技重施偷香，赤霞的手才想伸近芙蓉的臉頰，卻硬生生的停住了。他的手出現了一道很深、但不見血的傷痕。

「咦？」

——讓你摸！再摸我燒死你！

見悄悄準備的偷襲終於成功後，芙蓉怎可能不沾沾自喜！

「好濃郁的靈氣，我就在妳身後靠得這麼近竟然沒察覺到，妳居然可以把靈氣操縱到這種程度……明明只是靈氣，居然也可以聚合割傷我。」赤霞對自己手上的傷痕很感興趣，看起來他相當在意芙蓉是怎樣辦到的，大有叫她多割他幾次來試試的可能。

——其實我不只想割傷你，而是想把你的手切下來！

如果可以，芙蓉真的很想咬牙切齒吼出來，偏偏她艱難的使出現在唯一能動用的殺招之後，赤霞卻不痛不癢的，只是好奇的觀察自己的傷口。

法術既沒解開又無法一擊打飛他，結果芙蓉還是只能站在原地，如果等赤霞研究完了他心情差起來，恐怕就會切她脖子了吧？

「想不到妳還有這殺招，這樣的話，現在也只好放棄帶妳走了。」

赤霞甩了甩手後，傷痕逐漸消失不見。他走到芙蓉前面，一張妖魅的臉湊在芙蓉的正前方，那雙日蝕眼緊盯著芙蓉的眼睛。即使雙手會被芙蓉的護身靈氣傷到，赤霞仍是輕輕的捧住了芙蓉的臉，強迫她看著他。

他不說話，芙蓉也沒手軟的利用自己的靈氣攻擊他，赤霞的手再出現一道道傷痕。然後他笑了，笑的同時赤霞突然解開了那詭異的法術，讓芙蓉回復自由。

行動不再受到限制的芙蓉立即把站在身前的混帳狠狠推開，待雙方隔開了一小段距離後，芙蓉手上鞭子一甩，直擊赤霞的胸口。

赤霞的襟口被鞭子劃了一道長長的開口，裡面露出了皮肉，但沒有應該出現的血肉模糊，那傷口跟他手上一樣，只見創口卻沒什麼血。

這不是偶然，芙蓉開始懷疑赤霞的本體到底是什麼，即使是化形的妖怪到底也是血肉之軀，不應該這樣的。

赤霞又笑了，他把手覆上胸口，低頭看了看自己沒有沾到血的手掌，然後他朝著芙蓉伸開雙手。他在笑著，笑得讓芙蓉毛骨悚然，在趕緊逃走時她手一甩又是兩鞭打了過去，但赤霞卻只是維持著一定的速度朝她靠近，不逃不躲的。

芙蓉從沒有試過揍人揍得這麼不爽的，赤霞這傢伙根本很享受被她甩鞭子，她再打下去不就如他所願嗎？就算打下去，能打死他也太噁心自己了！

她想甩回鞭子時，赤霞早她一步抓住了正收回去的鞭尾，他的手掌隨即被鞭子割出一道傷口。芙蓉想收回鞭子，他就用比她多一點點的氣力死活不放，兩個人就隔著一條鞭子拉拉扯扯了一會兒，結果赤霞突然放了手。

看了看身上的眾多傷痕，赤霞做著無用功般整理了身上破了的衣服，期間一顆珠子從剛才被一擊打斷了的珠串上掉下來，滾到了芙蓉的腳邊。

赤霞沒有想撿回來的打算，只顧看著並等待她的反應，即使他的同伴已經被敖瀟打成半死，他也沒有出手相救的意圖。

芙蓉沒有問出口，只是用行動回答了他。

敖瀟和灰衣人的對戰已經結束，芙蓉立即飛身過去和敖瀟會合，她看到倒在地上破破爛爛看不出人形的東西，不禁皺起了眉。

灰衣人經歷過的不像是戰鬥，而是單方面的殘殺似的。沾滿血汗的灰袍下的肉體違反自然的扭曲著，幾聲可怕的卡卡聲後，灰衣人蹣跚的爬起身，芙蓉看到他露出衣服的獨臂上有著她最討厭的蛇鱗。

獨臂還有蛇鱗？姬英那時候的手，難道是從這個人身上得到的嗎？

可姬英是修行千年的女妖，道行比她低的手臂，她應該看不上眼；而灰衣人的實力並不怎麼樣，雖說現在是單手，但他面對敖瀟卻完全沒有還手之力，雙方實力之差大到敖瀟的攻擊就像是單方面的虐待般。

敖瀟想要速戰速決，但灰衣人是為赤霞爭取時間，即使可以迴避敖瀟的劍擊，他卻直接撞上去執著的纏鬥，幾次敖瀟差點一劍殺了灰衣人。殺一個妖道並不是什麼大事，但敖瀟顧慮著要是他下了殺手的話，赤霞是否會對芙蓉不利？這層顧慮令敖瀟沒有痛下最後一擊，可灰衣人現在也只剩一口氣了。

「我很期待下一次的見面，芙蓉。」

「鬼才跟你再見！」芙蓉站在敖瀟身後罵回去，要不是赤霞一副享受著被鞭打的模樣，她一定會多打幾下。

「不，我們很快就會再見的了！」赤霞就像是故意要噁心芙蓉似的笑彎了眼，留下這句讓芙蓉反胃的句子後，他總算把視線轉向灰衣人。

「如何？」

「赤霞大人，已經……什麼都沒有……」

灰衣人好不容易走到赤霞的面前，姿態恭敬的彎腰報告，但沒聽完報告已經步往龍宮出口走去的赤霞既沒有讚賞也沒有責備部下，他只是嫌惡的橫踢了灰衣人一腳，嫌棄他擋了路。

「算了。」

赤霞自顧自的離開，灰衣人連忙爬起身趕上。

「敖瀟……」芙蓉喊了一下，她很意外敖瀟沒有追上去，只留在原地警戒。

「和對方打起來勝算不高，為兄不賭高風險的。」

「不是有說富貴險中求嗎？」芙蓉沒好氣的說，她被吃了好多的豆腐太噁心了。她長這麼大也從沒試過情緒扭曲到希望看到某人被人打成半死的，不過從現在起就有了！

她現在巴不得赤霞被雷公劈，最好劈焦他！

「那是投機，沒有實力的人才會這樣說。」

敖瀟在赤霞離開之後，快速的在空氣中畫下一道道符令，直接把整座湖底龍宮封住，他用的法術非常高深，要打破需要花很多的時間，敵人不會為了一個已經被掏空的龍宮花這麼大的工夫。

「我們也得趕快回去。」

完成所有符令的布置後敖瀟喚了一聲，芙蓉點頭跟上。

「我們現在是追查那兩個妖道的身分還是回去？」芙蓉正經的問，雖然她不覺得現在還追得到那兩個人的足跡，也不見得現在是追蹤的好時機，敖瀟應該要先向天宮和水晶宮報告吧？

「我們先回去，為兄有點擔心珍寶閣。」

第九章 解開禁制與被下禁制……

午後時分，曲漩的天空仍是烏雲密布，雲層比上午降低了不少，說不定轉眼就會下起雨來，令人覺得特別的鬱悶。

這種天氣影響著眾多的人，連城內珍寶閣的生意也受到天氣的影響，客人不出門，櫃面就顯得冷清了。伙計和掌櫃在鋪面打蒼蠅，而後堂那幾位食客們並沒有像平時一樣聚在一起喝茶聊天。

今天珍寶閣的食客組成了一個全新的三人小組，他們正看著放在桌上的一堆零碎的東西仔細品評著。

說是品評，其實也只有浮碧一人用認真鑑賞的角度去看待這些東西，潼兒是看不出來這些東西的價值，而收集了這些東西的主人更離譜，他基本上是別人給什麼就收什麼，有些東西連有什麼用處都不知道。

「原來你是收破爛的。」浮碧很自然的以一副專業的態度鑑定著眼前一堆物品，他沒意識到現在自己的動作多麼的流暢，而且眼光準確得連不值錢的東西也能說清出處。

「不是啦……」這些物件的主人歲泫一臉尷尬的低著頭，他原只想把那個問題畫卷拿給潼兒和浮碧看，但浮碧一聲命令要他拿出所有的東西後，就變成現在這樣的鑑定大會了。

其實歲泫帶在身上的家當沒有很多，這些已經是他家裡看上去最值錢的了，大部分東西不怎樣實用，平時葳泫會在收集得差不多時賣給一些收舊貨的店家換些錢，這次也是想著既然從山裡下來就順便帶在身上罷了。

葳泫早已說明自己收集的東西值不了什麼錢，大抵都是一些晶石或是別人送的舊東西，和珍寶閣裡的寶物一比，直接歸類為垃圾還比較省事。但出乎意料的是，浮碧竟然看得很入神，而且他還抓出幾件應該可以賣個好價錢的小東西。

只可惜葳泫撿破爛的形象已經深入浮碧的印象中抹不去了，連淘寶的都沾不上邊，仍維持在撿破爛的程度。

「這東西看上去不太尋常。」

突然，浮碧在雜物中拿起一個用銅線交織纏成球狀的鏤空垂飾，這東西上的黃銅好像因為泡過水而變得暗淡，但整體仍算光鮮；論手工，這東西可說是大戶人家才買得起的了，而且浮碧在上面的鏤空銅線中看出了些什麼。

潼兒也湊了上去，但看不出什麼來，他只感覺到這東西有點不對勁。當一頭霧水的他看到浮碧的指尖指向某個位置時驚叫了一聲，他終於知道這東西不尋常在什麼地方了。

這是一件寶貝，不過級數有點低，是一件在仙界丟在了地上也不一定有人去撿的貨色，它的主要用途就是收納作用，但跟百寶袋相比，這種樣子好看但容量小的銅球實用度不高，現在除了喜歡戴飾品的仙人，已經很少人用這類收納寶貝了。

浮碧的手很靈巧，他只是在銅球上摸了摸就已經找到打開的竅門，原本無縫的銅球表面掠過兩道流光，卡的一聲，沒有接口的銅球像是剝荔枝般被剝開了。一顆直徑拇指寬的淡藍色寶珠靜靜的躺在銅球裡面，寶珠與編織華美的繩結和一些小巧的飾珠串在一起，整個搭配豪華到像是皇家貢品一般。

歲泫不可置信的張嘴看著這東西，他沒想到自己收集的雜物中竟然開出這種名貴的東西，他太驚訝了，嘴巴張得連雞蛋也能放進兩顆了。

「這是避水珠！」潼兒見過敖瀟借芙蓉戴在手上的那串珠子，現在再看到同類的物件他差點尖叫出來，原來他們的目標物一直就在歲泫身上，他們竟然懵然未覺！

原來是收在這銅球內，怪不得他們完全沒有線索！要不然芙蓉和他第一次見到歲泫時，就能完成雷震子的委託了！

「這……這就是姑姑在找的那顆珠子？」歲泫驚訝的問。

潼兒臉都皺成一團的點頭，悲嘆著天意弄人。

歲泫好奇的湊近看，銅球中珠子的顏色正是芙蓉告訴他要找的一樣，這也是歲泫有生以來第一次看到這麼大的寶珠，然後他驚慌了。

「我真的不知道裡面收著珠子的，我不是故意的！」歲泫有點慌亂的澄清。

看他緊張的樣子，潼兒擔心他等一下會語無倫次的說人不是他殺的。

「放心啦！連我們待在你身邊都沒發現到，怎能怪你不知道呢！」潼兒見歲泫很好奇，乾脆拿起避水珠放到歲泫手上給他慢慢看。

此時，浮碧正拿起這次鑑定大會的主角畫卷，手突然一顫，連忙把東西放下走到門邊猛地止步，他像是被固定般維持著邁步的動作，表情難看到極點。

「看樣子你對我似乎還有印象呢？」

關上的門被人從外推開，打扮風格特立獨行的青年無聲出現在潼兒和歲泫眼前，他大刺刺的進來之餘還毫不忌諱的伸手摸了浮碧的臉頰一把，然後還批評不夠滑。

潼兒第一眼就知道對方不是自己一方的人，雖說這裡是水晶宮在凡間的據點之一，但世事無絕對，潼兒親眼見識過千年狐仙塗山的結界被人打破入侵，現在珍寶閣的結界被人打破闖入也並不出奇。只是敵人闖入的時機糟糕了點，現在珍寶閣內戰力不足，能上場戰鬥的實在沒有幾人。

潼兒好歹也累積了不少對敵時的經驗，作為活動人盾，他反應過來後連忙把呆住了的歲泫拉到一邊，雖然留下浮碧一個在敵人旁邊很沒道義，但潼兒沒自信以自己一介仙童的實力可以打跑強大的敵人、救出浮碧，他絕對會連自己都賠進去。

「曾經的獵物再次完好無缺出現在眼前的感覺真的很奇怪。」

入侵者繞到浮碧的身邊打量著失去記憶的龍王，不時還動手左拍拍、右掐掐浮碧的身體，卻很快就對他失去興趣了。

「要讓她在意的話，抓你是沒有用的呢！」

入侵者——赤霞大步的向房裡剩下的二人走去。那雙像日蝕的眼睛先看向潼兒，打量了一圈後，赤霞的視線停在潼兒的手臂上，彎下了嘴角。

潼兒本想裝腔作勢威嚇對方，但看著那雙眼睛時，潼兒的不安勝過了心中的勇氣，他只敢抓住歲泫往後縮，赤霞進一步他就想辦法退兩步。

但室內的空間是有限的。

※　　※　　※

芙蓉和敖瀟用最快的速度從龍宮趕了回來，赤霞的突然退卻很不自然，敖瀟實在無法相信他故意現身就只為了打一場；而且以赤霞的實力來看，完全不用擔心會敗在他手上，赤霞那一手限制別人行動的法術的確棘手。

所以赤霞突然離去，讓敖瀟十分擔心珍寶閣的情況，芙蓉也一樣，赤霞在龍宮一無所獲之後極有可能尋找浮碧的下落。簡單推想一下就知道赤霞一直都把他們的行蹤掌握得一清二楚，像敖瀟帶著她高調尋找浮碧後，他們真的把人放了，又像他們前腳進龍宮、赤霞後腳就來了。

可以想見一切都是赤霞的手段，他從來沒有隱瞞過自己掌握一切主導權，他把浮碧放回來一事即使是陷阱也好，敖瀟和芙蓉也不可能對浮碧見死不救。

「誰告訴我發生了什麼事？」

敖瀟冷著一張臉，現在他比在龍宮時身上更添了幾分怒意，但表現出來卻十分冷靜。他佇立在珍寶閣眾人面前，怒氣加上一身殺氣以及尊貴又唯我獨尊的態度，簡直就像是皇帝要向臣子問死罪一樣。

是直接問死罪，沒有商量餘地的那種。

珍寶閣的掌櫃已經帶同一干伙計咚一聲跪在敖瀟面前，每一個都低著頭無法回答主子的問題。換了是平日，芙蓉一定會想點法子緩和氣氛，但她現在沒心情這樣做，珍寶閣內發生的事讓她一時之間還沒有消化完。

她和敖瀟才剛剛回來，一踏入大門就看到店面已經關了門，掌櫃和伙計們亂哄哄的走動著善後，一些打壞了的家具碎片被清了出來堆在一角。正當敖瀟狂怒的質問發生了什麼事時，芙蓉發現到坐在一邊的潼兒和浮碧。

她走了過去，潼兒立即抬起頭、癟著嘴，搖了搖頭後又低下頭去，芙蓉決定先不強迫他說，從百寶袋裡拿出急救藥品。浮碧又弄得一身是傷，他現在板著一張臉一言不發的坐在下角，比和敖瀟吵架時更難看幾分。

浮碧緊皺眉頭、低著頭，芙蓉看到他牙關咬得用力，像是在忍耐著什麼，她知道浮碧應該是很不甘心吧？

襲擊龍宮還有重傷浮碧的就是赤霞，如果像敖瀟說的，浮碧的記憶只不過是暫時封住的話，那今天他們再一次對上，赤霞又是以壓倒性的勝利揚長而去，作為高傲的敖氏一族成員的浮碧不甘心是正常的。

「浮碧大人的手若不放鬆一點，我無法包紮哦。」芙蓉輕輕拍了拍浮碧握得死緊的拳頭。

聽了她的話，浮碧才鬆開了拳頭。他整個手心都是血，芙蓉看到有幾條傷痕在慢慢癒合，只看一眼她就判斷出不可以由著傷口自己痊癒，於是趕緊上藥包一包。

「又一次……」

「浮碧大人你記起了什麼嗎？」芙蓉仔細的用布把浮碧的手包好，接著處理他手臂其餘地方的傷，還好浮碧之前的傷已經好了，不然再受這麼重的傷，光流血也要流死他了。

「我知道自己不是第一次見到那個人。」說到這裡，浮碧像是很痛苦的雙手抱著頭，整張臉都埋在手中不再說話了。

芙蓉無法說些什麼話去安慰他，浮碧的情緒不穩定，她也不能強問對方發生了什麼事，但浮碧已經透露出剛才來襲的是赤霞沒錯了。

「芙蓉……對不起。」眼睛通紅的潼兒不知所措走到芙蓉身邊，動手幫忙遞著放在籃子裡的藥瓶和帕子，他除了受到驚嚇之外並沒有受傷，身為男生的他不想表現出軟弱的一面給芙蓉看，但一見到芙蓉回來他卻忍不住了。

「沒有人做錯，所以潼兒不用道歉，別哭了。歲泫一定會吉人天相的，他連採藥都能遇上我們，可見他一定是吉星高照、鴻福齊天的！」伸手摸了摸潼兒的頭頂，芙蓉心想跟在她身邊的這個小仙童再堅強也只是個孩子，崴泫就在他面前被抓走了，浮碧反抗受傷，唯一剩下自己什麼事都沒有，潼兒更加覺得自己什麼也幫不上忙而沮喪吧？

但為什麼赤霞要抓走崴泫？

芙蓉想不明白，崴泫就只是一個普通人，抓走了也不會有情報能吐出來，敖瀟更不可能勞師動眾的去救……

等等！敖瀟不會，但她會……

芙蓉心驚了一下，赤霞這樣做的原因是出自於她嗎？

芙蓉越想越覺得有可能，潼兒身上有東王公的寶貝，赤霞再強也動不了他，所以他就從崴泫入手了。

那個該死的變態！到底是在打什麼主意？

這一刻，芙蓉心裡的焦急比潼兒暴增了幾倍，而且帶著濃濃的罪惡感。要不是她打什麼鬼主意要崴泫帶路，把他拖進事件中，崴泫就不會遭遇這麼可怕的事……她有絕對的責任，必須要想辦法救他！

芙蓉的動作在她思考的同時停了下來，浮碧立刻抬起了頭，當他看到芙蓉和潼兒憂心忡忡的樣子，他湖水色的眼睛蒙上一層陰影似的。

芙蓉在自責，但浮碧何嘗不是？

芙蓉不想再增加浮碧無謂的心理負擔，但苦口婆心的勸導已經沒有用，浮碧心裡面認定了自己的無能，她這外人說再多也打不進他的內心。除非她能讓浮碧回復一身實力，這一點她應該有辦法做得到，只是會不會成功仍是未知數。

之前她已經發現浮碧身體裡有一絲不尋常的靈氣存在，當浮碧的身體復原之後，芙蓉更加覺得浮碧本身的仙氣在和那絲靈氣對抗；正因為和他本身的仙氣有所衝突，所以芙蓉認定那靈氣是外來的，最有可能就是浮碧被俘時沾上的。

那絲不尋常的靈氣就像是一道陰影般潛藏在浮碧的身體裡，就是它封鎖了浮碧一身龍王的實力。放著不理或許不會對浮碧的生命造成什麼影響，等他回仙界後，一定可以安全的消除這限制，但那時候浮碧的心會不會已經留下了不能復原的傷痕？但如果她現在動手，那她的底蘊就等同曝露在所有人的面前，唯獨這一點芙蓉極力想要阻止。

但要她為了自己卻坐視不理的話，就太自私了！

作為仙界的一分子，她無法無視浮碧的事，雖然她動手解除他身體裡的限制不等於能幫助浮碧取回記憶或是恢復全部的實力，但至少她試過盡自己所能幫一把了。

她時常得到其他仙人的幫助，到了自己有能力或是自己的能力可以幫得上忙時，她也應該義不容辭。

「浮碧大人。」芙蓉朝浮碧伸出手，自己也深吸了一口氣壓下心裡的不安。她有自信自己一定能消除浮碧身上的限制，但說她沒有對曝露了這能力後的未來感到擔憂是騙人的，她害怕會失去像過去那樣的日子，很怕別人用忌憚的眼神看自己，她吸這口氣是來定自己心神、為自己打氣的。

「如果浮碧大人相信芙蓉，那芙蓉現在就把藏在你身體裡的那絲禁制消除。」

「禁制?·浮碧大人身體裡?」潼兒驚訝的叫了一聲，他不期然的聯想到上次芙蓉因為姬英的妖氣而受的傷，那次芙蓉說是輕傷，但對靈氣的感應也被影響了。

「浮碧大人身上的禁制手法，和姬英弄傷我的那次不同。浮碧大人信得過芙蓉的話，我現在就為你解開。」

浮碧臉色一沉，他連自己被下了暗手也一直沒有察覺，但芙蓉現在提了出來，他倒覺得符合了自己實力被封的情況——他的身體強度仍在，只是用不了一切的法術，如果是他的仙氣被封住就能說得通了。

「等等！芙蓉！」耳尖聽到房間內三人的交談內容，敖瀟扔下掌櫃和聯絡水晶宮的事閃身趕了過來。

他不用說話，芙蓉已經從他緊皺眉頭的表情知道他是表達反對的。

看來敖瀟知道些什麼。芙蓉心裡有些不高興，怎麼好像人人都知道似的？和她並不算太熟的敖瀟竟然也知道，他到底知道多少？仙界還有多少人知道她身懷絕技呀！

一種反抗心理不由自主在芙蓉心裡滋生，他們越是不想她做，她就偏要做——

你們明明都知道卻裝傻，那我就要讓全部人沒辦法再裝！

為什麼她身邊大部分人都知道她拚命隱藏的秘密？要裝傻的就裝到底嘛！就不能讓她保有這一點小秘密嗎？

芙蓉的表情從來瞞不了人，明眼人一看就知道她在鬧脾氣了。

女孩子就是有橫蠻無理的時候，這時候硬要勸會有反效果，越勸她就覺得越不中聽。

良久，空氣都像是要凝固時敖瀟才放棄，長嘆了口氣。隨著嘆氣的動作，敖瀟的表情才放柔和了點。

「不是現在，芙蓉。聽為兄說，現在不太好。」

敖瀟沒有把話說得很明白，但芙蓉猜出他話裡暗示的是什麼。他說的是赤霞。

敖瀟擔心赤霞看出了什麼，在浮碧身上下的這道禁制說不定就是用來試芙蓉的。

芙蓉硬下心腸，即使明白敖瀟是出於為自己好，但她還是覺得自己應該堅持才對。即使這是赤霞故意設下引她曝露自己能力的陷阱，她仍是覺得這是自己應該要做的事。赤霞一定安排了很多，事情發展到現在，赤霞一直對應著他們的行動丟出不同的餌食，而他們明知道餌食有問題，卻只能照著安排把餌吃下。

「太冒險了。為兄不能明知道會出狀況還讓妳做。」

「敖瀟說過富貴險中求是沒有實力的人才會說的，我就是了。不試不知道結果，我要試。」芙蓉說完，一手抓起浮碧的手腕。

浮碧想要全力甩開她的手不是沒有辦法，但當芙蓉碰到他的手時，一道清爽的靈氣已經順著皮膚鑽進浮碧的身體裡，情況變得他不能隨便鬆手了。

「妳……這是在做什麼？」浮碧愕然的看著芙蓉，他沒想到她竟然擁有這樣的能力，她竟然什麼準備都沒有就在一個雜亂的環境下操縱著一絲無形的靈氣在他身體裡遊走，有了她的靈氣做對比，現在浮碧也察覺到身體中真的有她所說的禁制。

但藏得這麼深，她是怎樣發現到的？

「靈氣是無孔不入的，就連法術、符令、陣法全都是把靈氣聚集起來，汙濁了的靈氣可以說是邪氣、穢氣，本質都是同樣的東西，要找……不難。」

芙蓉垂著眼留意著鑽進浮碧身體裡的那道靈氣的情況，她的解說看似仙人們的入門課程般簡單又輕鬆，但在場的即使是敖瀟也沒辦法做到。

仙人身上都是有護身罡氣保護的，要在不被這罡氣阻擋下打入一道靈氣到仙人的身體中難度太大了，即使對方沒有防備也是極其困難，稍微有一點點處理不好就會落得一個兩敗俱傷的下場。

不過，那是針對其他人，在芙蓉身上是不可能會發生那樣的情況。雖然說出來很難讓人相信，但這卻是事實，即使是讓仙人痛苦不堪的汙濁穢氣或邪氣，對芙蓉來說，都是只要有時間就能淨化掉的東西，最多就是捱一下皮肉痛，沒有她掌握不了的靈氣。

「找到了，這就是禁制。」雖然芙蓉有信心自己辦得到，但這卻是第一次，過程中她已經緊張得一頭汗了。

「夠了，芙蓉別勉強！」敖瀟心怕她會勉強自己而出事，才開口想讓她停手，她卻呆呆的轉過頭看向他。

敖瀟不安的吞了一下口水，為什麼她在他出聲後一臉呆呆的？不是他這一句喊出事來了吧？

「解開了。」芙蓉一臉意外的說著。

在她抓住浮碧身體裡那抹遊走的邪氣時，竟然一下子被她淨化了，她甚至還沒動手，禁制就已經解開了。

在禁制解開的一刻，芙蓉飛快的抽回自己的靈氣，而浮碧一身的氣息一開始稍微有點亂，然後突然爆發開來，敖瀟連忙把芙蓉和潼兒抓到身後避開這場以浮碧為中心的風暴。仙氣一下子從被禁制的零回復到正常水平而引發的風暴持續了一陣子，當風暴停下的時候，天上的烏雲活像被剛才的騷動沖散了一點似的，有一剎那陽光劃破雲層照了下來。

這動靜大得讓芙蓉目瞪口呆，她只是解開一個一碰即散的禁制竟然造成這麼大的騷動，如果禁制發生在敖瀟身上，那天上不就是不停的下落雷把地面劈得焦黑一片來慶賀他解禁了？

「浮碧你現在記起了沒？」待浮碧斂起氣息重新睜開雙眼時，敖瀟立刻劈頭問了一句，他的態度有點期待。

但是浮碧的表情正好和敖瀟相反，一聽到敖瀟的聲音他就冷下一張臉了。

「這是說記就能記得的嗎?禁制解除了，但還是沒記起什麼！」一對上敖瀟，浮碧反射動作回嘴，加上他一身實力已經恢復，罵回去時比之前有氣勢多了。

「你們不能少吵一會兒嗎？」芙蓉沒好氣的站起身想離開暴風圈，但一站起身卻立即跌坐回椅子上，嚇了身邊三人一大跳。

「怎麼了？」

「沒事……應該……」

芙蓉低頭看著自己曾被赤霞捉住過的手，肉眼看不出手上有何不妥，但是芙蓉循靈氣的流動捕捉時發現自己身上和浮碧一樣被暗放了一道邪氣，只是兩者的程度不一樣，她手上的比較像是對方故意留下的記號。要不是她處理浮碧身上的禁制時帶動了兩絲邪氣的共鳴，否則她會一直察覺不到這一抹邪氣的存在。

「是剛才被下的嗎？」敖瀟十分緊張的抓過芙蓉的手，一雙豎瞳變得又尖又細，看上去就是怒氣多了好幾分的樣子。

芙蓉的手就這樣被他抓著左看右看，看了好一會兒才放下來。

「妳確定真的沒有了？」

「沒有了。」芙蓉確定的點了點頭，剛才她發現的那抹邪氣嚴格來說並不是直接沾到手上，而是用「跟著她」來形容比較恰當。這麼少的量，芙蓉很疑惑為什麼能沾在她身上。

「別掉以輕心，為兄從來沒有見過這麼奇怪的靈氣，那妖道身上有匿息珠，難以察覺他的所在，不然為兄一定撕了他！」

「怪不得我在曲漩這裡感覺不到他的存在，原來他跟你一樣帶著那種東西。」

「芙蓉，別拿為兄和那種妖道相提並論。」

芙蓉大大嘆了口氣，都是那些該死的匿息珠，那種東西為什麼突然好像不用錢般冒出這麼多，活像隨手一撈就是一大把似的，敖瀟也只是帶了一顆在身上，但赤霞身上卻掛了一大串。

有這麼多隱藏氣息的寶貝，即使悄悄潛入坐在圍牆上也不會有人發覺吧？才想完，芙蓉突然覺得有點不太對勁，她現在坐的地方正對著已經毀了的門板，視線看出去，越過庭園的對面好像有個紅色的東西坐在圍牆上。

在曲漩這裡她認識的紅色變態生物只有一個！

第十章 援軍為什麼會是他啊！

芙蓉不可置信的眨了眨眼，庭園外的圍牆上果真有人坐著，而且還是造成這一片混亂的罪魁禍首！天知道赤霞這傢伙他到底坐在那裡看了多久，作為一個妖道，他的所作所為也太令人生厭了！

一想到自己又和他身處同一個空間，芙蓉渾身寒毛紛紛豎起。

「敖瀟你老實告訴我，你的法術其實是不是紙老虎等級的？」

「妳才紙老虎！」敖瀟邊瞪眼邊把芙蓉往後拖，當先而行的護在所有人的面前，透明寶劍已經出鞘，劍尖指向赤霞。

赤霞坐在圍牆上很無聊似的在把玩自己的頭髮，和在水底時宮殿光線不足的感覺有些不一樣，赤霞那一雙日蝕眼在微微的陽光照射下仍是一片幽黑，光線好像全被吸進去般消失不見，給人一種他是個和日光無緣的人。

陽光不適合他。

「芙蓉，我們又見面了！」

自己終於被人發現，赤霞高興的笑了起來，但他卻沒有跳落地面，只是爬起了身展現出極佳的平衡力，在窄狹的圍牆上表演，享受著居高臨下的感覺。

他身邊看不到崴泫的身影，芙蓉和潼兒不禁神色一黯。

果然，想把人救回來不是易事。

「混帳！妖道你竟敢在此現身！」敖瀟暴怒的朝赤霞的方向揮了一劍，之前在龍宮他壓著滿腔怒氣，回來發現對方登堂入室還擄人離開，這已經讓他忍無可忍，現在赤霞竟然好整以暇的二度現身，士可忍，孰不可忍！

帶著寒芒的劍光把圍牆劈成了兩半，連帶包圍珍寶閣的防禦法術也震了震，在空氣中化成一陣陣的霞光。

芙蓉驚訝的張大了嘴，她不是驚訝敖瀟的實力，而是驚訝赤霞竟然可以穿過法術跑進來！塗山是自己一方的人能進來不稀奇，但芙蓉敢說換成姬英，她也沒辦法在不打壞法術下穿過防禦法術。

人人都穿得過那還防禦什麼！

敖瀟的一劍沒有命中赤霞，他靈巧的在圍牆上一個翻身，身形帶著一點異國舞蹈的風格扭身避開了攻擊和崩坍的石塊，腳尖一點，人又在另一邊站得穩穩了。

「芙蓉，打個商量如何？妳跟我走的話，那個凡人我就放回來如何？」

赤霞仍是無視敖瀟，視線也只盯著芙蓉，嘴角一抹壞笑問得很不認真。他問的同時其實已經知道芙蓉一定不會答應他，他回來只不過是想看看她拒絕自己時會有什麼表情。

「卑鄙！」芙蓉怒得眉毛都挑得高高的，手指忍不住指著赤霞大罵起來，不斷說他毫不光明正大，竟然抓個凡人來當人質太卑劣之類，但被罵的一方卻聽得很入神，一臉欠揍的笑容一邊聽、一邊點頭。

「卑鄙無恥是作為妖道惡黨的必要條件吧？我是在滿足你們，你們應該感謝我才是。如何？芙蓉妳答應嗎？」

赤霞朝芙蓉伸出了手，礙於他就站在高高的圍牆上，氣勢多了幾分強勢，芙蓉心想怪不得位高權重的人都喜歡把位子設得高一點，站得比人高，垂眼看人心情大概會很爽吧！

「不可能答應你！」敖瀟疾步揚劍衝了上去。

有鑑於上一擊敖瀟已經差不多打壞珍寶閣的結界，芙蓉和浮碧聯手趕緊加設了幾道防禦法術，但法術生效的同時無人的天空射來一枝長箭，有三指粗的金色長箭破空而出釘在珍寶閣的庭園地上，箭矢的速度快得只讓人看到一抹金光掠過。

「金箭……」赤霞看到釘在地上的金箭時臉色一變，先前的輕鬆從容變為凝重，他的視線在空中搜尋著金箭的來源，連快要殺到眼前的敖瀟都不理。

敖瀟也被突如其來的長箭震懾而停了一下，但他很快就感覺到金箭是仙界之物，也就是說這沒頭沒腦的突擊是來自於己方的，雖然不知道是誰來增援，不過敖瀟知道現在是個大好機會了！

敖瀟轉眼已經來到赤霞面前，透明長劍劃出一道劍虹，危機迫近，赤霞的目光卻先轉回那枝金箭上，停了一秒才離開，肩膀硬吃下敖瀟的一擊。

這一擊成功連敖瀟也感到愕然，他雖然是以擊殺赤霞為目標而出手，但雙方都明白彼此的實力，這一劍不應該擊中，赤霞不可能避不開。

那枝箭到底有什麼奧秘，竟然能讓赤霞這等實力的妖道分神失手？

敖瀟想要乘勝追擊，但一道悶雷從天邊響起，接著一道閃電劈在敖瀟和赤霞的中間，讓敖瀟的突擊不得不硬生生的中止。

「給老子納命來！」

這聲老子一出，芙蓉和敖瀟第一時間就知道這聲吶喊是誰發出來的。雖然他華麗麗的先以一枝神箭打頭炮來華麗登場，但不說箭沒有命中目標，第二道的落雷更把敖瀟的好機會硬生生打壞，現在敖瀟心裡都想先幹掉這個自己人了，追殺妖道瞬間變得不重要。

赤霞沒理會傳來吶喊的方向，釘在地上的箭對他而言是一個警告，警告他識趣的就此離去，反正撤退也不是件什麼丟臉的事，赤霞自然不會硬抗，何況他也知道今天不會有什麼結果。

「芙蓉，今天就到此為止，我提的條件妳要好好考慮，時間所剩不多了。」赤霞扶著肩上的傷口，眼神陰鬱的再看了一眼地上的金箭後，一聲不響的撤退了。

「別走呀！要走也先留下壞蛋的必備臺詞呀！」

芙蓉不由得抽了抽嘴角，有一種「怎麼有幫手下凡來竟然會是他？」的無言感，而且人未到聲先到已經得罪了不能開罪的敖瀟。大概連赤霞這個變態也有同樣的心情吧？憑什麼作為敵人也要聽你的吩咐？

赤霞已經逃走，歲泫仍是沒有救回來，這場騷動除了這位放箭的英雄拿了無數彩頭之外，敵我雙方都沒有任何好處。

芙蓉無言的朝天空看了一下，開始看到一個像芝麻般大小的黑影正在疾衝下來。

英雄都愛用俯衝登場的嗎？越看越覺得這種出場方式有點遜。

天空上的小芝麻點終於下降到能用肉眼看清楚的高度，一個打扮野性不修邊幅、身上掛著招搖的閃亮裝飾品的人疾速俯衝下來，除了那個不合時宜的陽光笑容外，最礙眼的是他背後那雙雄壯的翅膀。

雷震子就是這樣愛招搖，雖說翅膀是他天生的，但仙人有法術會飛，有必要這麼誇張的把翅膀秀出來嗎？還有，他到底有沒有好好的在凡人面前隱身？明天……不，等會兒曲漩不會有出現飛天妖怪的恐慌吧？

「哎呀！始終來遲一步了！」

終於下降到接近一般民家屋頂高一點的高度時，雷震子以一個漂亮的盤旋翻身止住去勢停了下來，大翅膀還再拍了幾下。

他可能正在享受地面眾人對他的注視，不然他大可以直接降落的。

芙蓉和潼兒不約而同的深深嘆了口氣，注意力轉移到庭園中的金箭上。而其他人則紛紛別開了視線，準備遠離現在開始的第二道火線。

「你們別不理老子！芙蓉！是雷震子大哥來了啦！」雷震子見芙蓉竟然不理他反而跑去研究那枝箭後，焦急的飛了過去浮在半空，眼睛巴巴的在少女面前眨著裝可愛，完全沒留意到芙蓉打給他的眼色。

雷震子的背後現在有一個想當場撕了他的人。

「弄丟了水晶宮借出的物品，打斷本殿下的攻擊，把雷劈在本殿下面前，做完這些還敢大搖大擺的飛到本殿下眼前，雷震子你的膽子也大了不少呢？」

怒火已經越過警戒線，陷入暴怒中的敖瀟說話前已經把鋒利的寶劍擱在雷震子的脖子上，如果雷震子笨笨的順著聲音轉過頭，相信已經血濺當場。

「噫！敖……敖六！」脖子上抵著涼颼颼的東西，雷震子有太多類似的經驗所以保持不動，但聽聲音認人他更覺得可怕。

「還不下來！是要本殿下把你打下來嗎！」敖瀟把剛才累積下來的怒火發洩到堂堂登場的雷震子身上。

敖瀟收回劍，雷震子還沒來得及鬆口氣時敖瀟直接動手，劍光一閃，他劈出一記風刀，把拍著翅膀懸浮在空中的有翼人打到地上趴著。

「呀……那還算不算是警告？」潼兒無言的看著在警告的同時被打下墜落的雷震子，這幕過分滑稽的畫面讓剛才赤霞帶來的緊張感一掃而空，要不是赤霞的存在感很實在，潼兒都快有一種剛才什麼都沒有發生的錯覺。

「那算是聲明吧！犯罪聲明都是幹了才發的。」芙蓉在雷震子墜落時下了結論。

敖瀟果然早就知道雷震子弄丟了避水珠，明明浮碧他們在銅球中找到避水珠的事還沒有告訴敖

瀟，本以為可以多瞞一陣子的，現在弄丟東西的傢伙遇上物主，不用想也知道雷震子不被撕一層皮才怪。

「敖六你太過分了吧？老子特地來解圍你還恩將仇報！」

從地上一個人形坑洞爬出來的雷震子沾了一身薄泥，一爬出來就跳到敖瀟面前伸手就想抓對方的衣領，但被閃開了。

「本殿下有叫你來嗎？要幫手也不是找你吧？」

敖瀟最近所有鬱悶的心情都無處發洩，現在總算有合適人選了，雷震子主動送上門來他當然歡迎。雷震子不但是可以欺凌的對象，還是仙界公認的沙包之一，現在更是水晶宮的負債人，即使對他過分點也不會有人說話。

幾聲閃光配上幾聲慘叫，珍寶閣的圍牆和庭園地上多出了很多可怕的劍痕，萬一被不知情的人看到一定會以為這裡剛剛經歷了一場世紀大戰。

芙蓉無言的和潼兒看著敖瀟一面倒的把雷震子轟得四處亂竄，她突然回心一想：仙人這副德性真的沒問題嗎？

「真拿他們沒辦法呢！不過比起愁眉苦臉，這樣反而令人覺得事情不是沒辦法解決的吧？」芙蓉像是要讓潼兒安心似的笑了笑。

她也不是只管說大話，雷震子來了她真的有感到心安。不過，如果天宮派來的是其他天將，她還會多想是不是情況十分嚴峻了?現在她最多是在想，玉皇派雷震子下凡是不是出於緩和氣氛的主意呢？

※　※　※

「嗯。是玉皇命令老子來的。」

在敖瀟好不容易停了手、中場休息時，身上變得更狼狽不堪的雷震子終於有機會交代他出現在此的原因了。

一行人現在移師珍寶閣內另一間待客用的小廳，大半的伙計在掌櫃的帶領下努力把被破壞的花園和圍牆回復原狀，至於那枝釘在花園正中央的金箭，雷震子堅持說要維持原狀，說那樣會比布法術更能有效阻擋赤霞再次入侵。

「果然呢！」芙蓉坐在雷震子的身邊十分熱絡的交換情報，不久前他們就是這樣熱絡的通信，

結果一起投資失敗。

雷震子是個很愛說話的人，加上他的神經過分大條，一坐下喝了潼兒送上來的茶後便忘記剛才打得他撞了幾次牆的敖瀟就在主位上，一雙淡藍色的豎瞳眼睛凌厲的盯著他，看似想用眼神把他凌遲似的。

「話說芙蓉啊，為什麼敖六會知道老子弄丟了避水珠？」雷震子用手掌擋住敖瀟的視線。神經粗到明知道別人在盯著還明目張膽的進行悄悄話的也只有他了。

「他好像一開始就知道了，只是沒說而已。」芙蓉心想幸好敖瀟不瞪她，不然她就被雷震子害了。

「那……那珠子現在呢？」珠子的下落關乎巨額的賠償金，雷震子手心都要冒汗了。

「被那個叫赤霞的變態連同歲泫一起帶走了。」

「欸！那老子怎麼辦！」

「把人救出來，把珠子搶回來囉！」

雷震子膽怯的看了敖瀟一眼，不看還好，他這偷偷摸摸的樣子讓敖瀟的火氣又重了幾分，更不爽了。

「哈……哈哈！本來玉皇是想叫哪吒來的，不過情急之下來不及給哪吒找代班，他正在天宮輪值不能說跑就跑呢！所以就由老子來了！」情急之下，雷震子採用了轉移話題的策略。

芙蓉看著雷震子哈哈的笑著，她大概想像得到玉皇是用什麼心情對他下命令的。要不是哪吒三哥哥一時之間走不開，玉皇一定會派三哥哥來吧？

不！是務必要派三哥哥來才對！

「不過東君的箭真有用呢，才一箭就把敵人嚇跑了。」

本來不打算把損友的話逐句認真聽的，但卻出乎意料之外的聽到了一個在意的名字，芙蓉不禁心跳多了一下。

「東王公？」

「是呀！本來就是他讓哪吒抓老子回天宮的。說到這，芙蓉妳說哪吒是不是……」

直接把雷震子的牢騷無視掉，芙蓉滿腦子都只想著一件事——

她跑來曲漩的事果然惹東王公擔心了！

※　※　※

擾攘一番後，珍寶閣在曲漩民眾不知道的情況下過了一個混亂又忙碌的下午。歲泫被抓走，令珍寶閣上下蒙上了一層陰影，唯一慶幸的是浮碧身上的禁制被解開，雖然記憶仍未恢復，但實力已經回復八成。

直到天黑，敖瀟才總算記得要讓在維修的一眾部下休息。

「那個笨蛋呢？」巡視了珍寶閣一圈後回到小廳，敖瀟除了看到輩分最小的仙童外，就沒有看到其他人了。

「六殿下說的是雷震子大人嗎？」

「除了他還有誰？」

「雷震子大人說累，回客房休息了。」

一聽完，敖瀟的額角就出現了一個大大的青筋，然後他頭也不回的舉步離開，打算繼續找人算帳了。

今天大家都沒有什麼好心情，出師未捷而且歲泫被抓，潼兒覺得歲泫的事真的是自己的責任，為什麼自己沒有像保護李崇禮那樣拚命的把他抓在身邊？為什麼大意的讓他離身了？是因為他只是在旅行中遇到的過客，所以自己鬆懈了嗎？

潼兒覺得有這種想法的自己很恐怖，他不要變成那樣的人。

「潼兒？你還不去休息？」浮碧在敖瀟離開之後進來，他看起來十分疲倦，神色不算太好。

「我差不多要去休息了。」

潼兒起身迎了上來，正想替浮碧倒茶時，龍王搖頭表示不需要，他本來打算回客房，卻又停下腳步轉了回來，站在潼兒面前嘆了口氣。

「不關你的事，別想太多。」

「芙蓉也是這樣說……」說著，潼兒咬著下脣，眼眶又紅了。

他本來已經被芙蓉趕回去睡覺休息的，但他一個人待在房間就會想起下午的事。

他想要找人傾訴一下，卻不想在芙蓉面前說太多，可這種話題他實在無法找敖瀟或是雷震子這樣的人物說。要是現在身邊有人可以說說話多好！如果子穆大人在，即使不能和他細說詳情，他也會沉默的陪自己坐坐吧？

這樣也夠了，他也只想有人陪陪自己罷了。

潼兒就這樣癟著嘴、垂著肩膀坐下，浮碧只是伸手拍了拍他的肩膀。

「看來你最想要的安慰也不是出於我口，那我就不說那些客套般的話了。再多坐一會兒就去休息吧！明天開始應該會很忙碌的了。」

「浮碧大人也早點休息，我很快就會去睡了。」

目送浮碧回房間之後，潼兒在自己的百寶袋中摸出了本子和毛筆，沒有辦法找人傾訴的話，把心裡的話寫出來也是可行的吧？他沒有寫私日誌的習慣，所以下筆時只想到不能用寫東華臺紫府值日簿的格式，想了一會兒他還是把心裡話用信件的形式寫好了。

要是寫信的話，得想個收件人吧？

潼兒很自然的寫下了那個複姓的名字，然後把從一開始的事情一一的寫下來。

裡裡外外開始靜了下來，睡不著的不只潼兒一人，還有一個待在自己房間發呆很久的人也同樣仍未梳洗更衣。

芙蓉從百寶袋中摸出了一個塞在雜物堆裡的東西。這東西她還以為很久以前已經還回去了，誰知道之前整理百寶袋的時候發現竟然還在，到底是什麼時候放進去的她也想不起來了，不過現在卻正好有用。

那是一面比手掌大一點的銅鏡，不久前她在潼兒手上有看到同類的，但有些不同。

摸著上面的雕飾紋樣，芙蓉回想起當年被天尊們弄得不勝煩擾的日子，幸好他們不知道她身上原來還有這東西，不然時不時就呼喚她、看看她吃飯了沒，實在很困擾。

看著這面鏡子她不禁想起上一次……低下頭看了看自己現在還穿著白天的衣服，即使這種時間找他也不會有什麼問題吧？

在芙蓉還忙著掙扎用不用鏡子時，那面銅鏡的鏡面先一步亮了起來，然後在芙蓉手忙腳亂之下浮現出一個人影。

她的眼睛就隨著出現的映像越睜越大，眼珠子像是快要掉出來似的。

「妳那是什麼表情呀？看到我們有需要做出這般見鬼的表情嗎？真是沒良心的丫頭。」

鏡面上浮現出一張芙蓉不會陌生的臉，那雙勾魂眼還有那無法掩飾的狐媚姿勢都在表明著那人的身分。

為什麼他會有這種寶貝的？還懂得主動找她呀？而且為什麼不只他一人？

「欸？塗山？李崇禮？」

「妳還好嗎？」

鏡面上換了李崇禮站在前面，芙蓉看到他還是穿著厚重的冬衣，臉色不錯，但那深鎖的眉頭卻破壞了他一向的淡然。

看樣子用這面傳訊鏡的是塗山，也只能這樣想了，不然她實在無法相信才一小段日子沒見面，李崇禮已經進化到能用仙界法寶的程度，這樣她會很害怕的。

芙蓉不禁想到是不是她還有聚靈陣沒撤掉？要是真的沒撤，李崇禮真的會進化成靈媒了。

她沒有即時回答，李崇禮的表情變得很不妙，這樣反而讓芙蓉以為是京城出了問題。

「你那邊怎麼了？難道皇宮又有什麼事了嗎？塗山沒有幫你解決嗎？」

「我這裡什麼事都沒有，不用擔心。」

李崇禮輕輕搖了搖頭，臉上也多了一抹明顯要讓芙蓉安心的笑容，但似乎帶來了反效果，遲鈍的芙蓉以為他在逞強不願說了。

「塗山你說，是不是發生了什麼事呀？你之前窩在皇宮這麼久了，不是一點小事也處理不好吧？」

「妳這話是什麼意思！」

塗山的臉突然霸佔了整個鏡面，他氣急敗壞的澄清著京城一切安好，但只換來芙蓉懷疑的視線，差點沒把塗山活活氣死。

「要不是有人說起妳似乎遇上什麼麻煩事，我也不想用這麼麻煩的方法找妳，妳這沒良心的丫頭，快向正在擔心的我們道歉！衷心的！發自內心的！」

「塗山你暴走了。」芙蓉冷靜的說，然後忍不住笑了起來。被塗山這麼一鬧，她心情歡快了許多，雖然不能把赤霞的事告訴他們，避免讓遠在京城的他們擔心，但在這時刻收到他們特地送來的問候已經很好了。

「謝謝，真心的，很由衷的，發自內心的哦！」

塗山似乎沒心情和芙蓉繼續鬧嘴下去，把位子又讓回給李崇禮，自己站在後面。

李崇禮重新出現在鏡子上卻沒有急著要說話，只是像平時那樣靜靜的看著她，不過之前皺著的眉頭放鬆了些。

「京城沒問題的，讓塗山去找妳吧！」

「不用了，我這裡沒事，塗山還是待在你身邊吧！你身邊什麼人都沒有，我也會擔心的。我們這樣擔心來擔心去不行呢！」

「那芙蓉不能騙我，若是有什麼事就要開口，讓塗山去幫妳。」

「嗯。」芙蓉沒辦法拒絕，要是她一而再、再而三的拒絕，即使是為了對方的安全卻也太絕情了，那樣會傷害了李崇禮的心情，他也只是擔心她而已。

連他一個普通人都擔心她，她真的太沒用了。

「丫頭，還有沒有想說的事情？沒有的話我累了。」

「才這麼一陣子你就累了？你的千年道行都是放著好看的嗎？」

「早睡早起身體好，妳不知道早睡對美容也很重要的嗎？」

塗山，你重點好像有點錯了……

芙蓉忍著笑的向李崇禮和塗山道了晚安，然後癱在床上睜著眼看著房間的天花板，看悶了又翻左翻右，最後還是爬起了身，摸了摸那面鏡子。

還是應該找他吧？

傳訊鏡的鏡面再一次出現了變化，芙蓉嚇得正襟危坐的坐在鏡面之前，等待著鏡面變得清晰，也趁著這一小段等待的時間思考著開場白。

她隨心而動的把人叫出來了，但她沒有想好應該要和對方說些什麼，如果向對方坦白是因為想找人聊天，這太失禮了，對方不像她這麼閒的。

萬一東王公真的跟她說他正在忙著，有事快說怎麼辦？

說起來她在東華臺住了一段日子，東王公這位一整個蓬萊仙島的主人，又是紫府的主事者，好像沒什麼人看到過他靜靜坐在案頭辦公似的！

到底他的作息時間是怎樣分配的，芙蓉完全不知道，她每次見到東王公時，他都好像很閒似的，不是在喝茶就是在下棋，和一整天在天宮中忙得焦頭爛額的玉皇完全不同。

芙蓉無法想像東王公會忙到失去嘴邊淡然微笑的樣子。

「我還以為會聽到精神奕奕的問好呢！芙蓉。」

在芙蓉還沒定下第一句應該說什麼的時候，對方的映像還沒成形，聲音已經傳了過來。一聽到他的聲音，芙蓉鼻子立即酸了起來，下午遇到變態的委屈全部回來了。

「東……東王公……」

才說了三個字，芙蓉的聲音已經全走調了，兩行眼淚好像不怕缺水似的流下來，她只顧著抹眼淚都沒時間好好說話了。

第十一章 妳只需要重新笑笑就好。

「我還以為讓妳和妳凡間的朋友聊聊後會好些，怎麼還是哭了呢？」

鏡面好不容易變得清澈時，映照出來的是東王公無奈的微笑表情，和李崇禮一樣皺著眉頭，不過芙蓉卻不會想像是不是他遇上了什麼難題，在她的認知裡，東王公好像從來沒有遇過會讓他覺得棘手的問題，也好像無所不知似的，凡間發生了什麼事他總是能早一步準備應對。

像剛才塗山和李崇禮會主動找她，他們手上的鏡子是東王公交到他們手上的吧？不得不說剛才和他們聊了一會兒的確是讓她的心情好過多了，但她現在哭卻不是因為她不開心。

「是東王公你跟他們說的嗎？說我在這裡遇上了麻煩。」

「你們之前一起經歷過難關，我認為有些時候比起我們絕對的保護，身邊同伴的支持更加有振奮的作用不是？」

鏡面有些不隱定，從芙蓉這邊看去，鏡面映出來的是東王公的半側面，而人像之後的風景不住的在移動。那並非室內的環境，芙蓉一看就認出那五彩的顏色是仙界的天宮，而不時出現的金色柱子則是天宮的招牌裝飾。

東王公怎麼沒在東華臺而跑到天宮去了？

「謝謝。」芙蓉狼狽的把臉上的淚痕抹掉，一下子把眼淚流乾了心情立即好了很多，好像一口汙氣都隨著眼淚流走了。

難怪有人說哭是一種很好的發洩途徑，幸好她是女仙，流流眼淚不會有人說話，不然像敖瀟那樣昂藏七尺又愛面子，恐怕連只有一個人的時間也不敢流個一滴眼淚。

「妳只需要重新笑笑就好。」

「嗯。」

芙蓉硬是勾起一個笑，不過實在太勉強，看得東王公微微的皺起了眉頭。

他當然知道是因為什麼事。不只是他，連玉皇也在第一時間知道了，當時還是他勸著玉皇不要立即動殺令的。

要立即派人把那個叫赤霞的妖道誅殺不是難事，但是這樣做了之後，仙界就不得不和妖道一眾完全對立，長遠來說這對仙界並不是一件好事，連帶也會影響凡間，他們不可以讓妖道有藉口在凡間大肆興風作浪。

這是作為上位者必須用盡所有辦法去維持的平衡，要不是因為這一點，在那個妖道碰到芙蓉的那一秒之前，天雷應該已經降下才對。

「東王公那邊好像有些吵似的?東華臺難道有什麼事嗎?」

「我現在身處天宮，剛才玉皇生了大氣，不小心掀了一處屋頂，現在正在善後中。」

「欸？玉……玉皇他怎麼了？發生了什麼事？」

「我們都知道妳哭的原因，我們沒立即做什麼，妳會生氣嗎？」

「欸？生氣？不……不會啦！你們不是派了雷震子大哥下來嗎？雖然如果是讓三哥哥來的話更好。現在敖瀟心情很差，雷震子大哥一定會變成他的出氣筒。」

「這樣正如我和玉皇所望。」

「欸？」芙蓉覺得這次和東王公短短的交談中自己發出疑問的聲音次數太多了，她是接收能力出了問題嗎？為什麼她總覺得東王公今天每一句話都很不直接似的？

不，以前說話也是這個調子的，但今天的話題她特別接不上。

「等雷震子回到天宮後，還有後續的處罰等著他呢！」

「那個……我應該要拿點義氣給雷震子大哥通風報信吧？不然關帝大人會罵我的。」

「放心，關帝一句話也不會說，芙蓉給雷震子報訊也無妨，他不敢不回來。要是不回來，有更嚴重的後果等著他。」

芙蓉愣了一下，她好像看到東王公用一臉如沐春風的微笑說了些令人打顫的話！

「呃……請問一下，玉皇掀翻了宮殿的屋頂……那東王公你……」芙蓉說到一半說不出口了，這種好像特地問別人有沒有為自己而生氣的問題太羞恥了！芙蓉無力的別開頭，只問了一半她已經不敢再看東王公一眼了。

要是東王公說他根本沒打算要做什麼的話，那問了這個問題的她不就很尷尬了嗎？

「芙蓉想我怎樣做呢？」

「我怎樣想？雖然我很想誇口說自己要給那個變態一些教訓，但我自問應該辦不到吧！」

「懂得認清實力差距也是一種進步，芙蓉也在不知不覺間成長了呢！若是妳說要不顧一切的報復，我反而會更擔心。」

——東王公是在稱讚我嗎？

芙蓉不由得心裡感到高興。

「那個赤霞總令人不想讓他接近，但見到了既是討厭卻又有點……不知道怎樣說明才好，怪怪的，他是個不簡單的妖道。」

「最後我會處理的。」

隔著鏡子看到芙蓉哭過的大眼睛再次重現神采，東王公嘴角勾起一道放心的笑容，但接著不到一秒，在芙蓉沒有看到的一瞬間，這個讓人感到安心的微笑變成一個不容忽視的殘忍笑容。

要是讓人看到，必定不會相信這笑容會出現在東王公身上，但事實卻是發生了，即使只有曇花一現，但東王公明顯露出了殺意。

之前的事件，姬英雖然也讓芙蓉身陷險境，但他還能對姬英的遭遇生出一絲同情，勉強原諒她，但這次妖道做得太過分了。

「剛才怎麼好像有一陣惡寒似的？」突然神經反射般打了個大冷顫，芙蓉本能的搓著手臂取暖，同時忍不住四處張望是不是有狀況發生了。

雖然隔了一面鏡子，但現在好歹這裡的一切都在東王公眼底吧?誰有膽子前來生事?

「凡間的天氣仍是初春，雖然冷熱對仙人來說沒有太大的影響，但芙蓉還是多穿點，不然變成第一個感染風寒的仙人就不好了。」

「基本上穿成這樣都是愛美貪玩罷了。」芙蓉低頭看了看自己一身和凡人千金們不相上下的冬裝，那些滾毛邊或是華麗的錦緞都是少女們最喜歡的風格。

仙界四季如春，一個正常的仙人一年四季穿的都是差不多的料子，根本沒有天氣變化來滿足女仙們打扮換裝的天性。芙蓉最喜歡的就是更換不同顏色的披帛和頭上的花飾，下凡之後因為李崇禮供吃供住，不知不覺間芙蓉的裝扮已經超出了王府大丫鬟該有的行頭，除了還沒和皇宮的公主裝看齊外，芙蓉現在有好幾個衣箱的精緻衣服。

基本上她都還沒穿過一遍，新的衣服就會送來，即使她說夠了，李崇禮照樣吩咐管事去採買。這情況和她待在仙界的時候不同，在仙界她收的禮物大多是不同的寶貝或是靈芝仙草和人參，這些大都被她收在百寶袋中，至於會隨身攜帶的飾物，目前她身上就只有敖瀟暫借的避水珠手串一條，以及東王公託東嶽帝君送來給她的東陽藍玉珮飾還有現在的花簪子。以女兒家而言，她全身上下的裝飾都是玉石和鮮花，少了金銀寶石的閃耀，多了份氣質和優雅簡樸。

「我還以為芙蓉只喜歡煉丹爐呢！」東王公故意用像是甚感欣慰的語氣說著。

如他所願，單純的芙蓉立即不知所措的為自己辯解，不停的強調她最喜歡的還是煉丹，就怕東王公轉個頭去跟仙界的仙人們說她不煉丹了，以後只送她衣服、不送靈芝仙草的話，她會哭死的。

「東王公，我最喜歡的還是煉丹、養人參呀！」

「妳再不改進煉丹的技術，債務是不會減少的。」

「欸！」

芙蓉臉色一下子變得很難看。提到錢，她當然知道自己還欠多少，而眼前這位一臉溫柔微笑的東王公可算是她的大債主。她來了曲漩的事他已經知道，連雷震子也被玉皇趕了下來，那她生意失敗的事一定已經變得街知巷聞了吧？

「說到人參，最近東華臺購入了一批不錯的人參呢！」

「東……東王公……你說那批不錯的人參該……該不是……」

「和太白金星拿到天宮去炫耀的是一樣的。」

「不要！為什麼會是東王公你買下的！」

「這是從紫府負責採買的天官報告中得知的。想要回去嗎？」

芙蓉差一點就抵擋不住誘惑應了聲好，她那些人參雖然珍貴，但是對比東王公這種巨頭，就變成不是什麼的小東西了。她想要回那些人參，東王公也不會在意，但這很難看！她實在做不出來。

「什……什麼嘛！東王公想要那些人參的話跟我說嘛！我直接賣給你不就行了？」芙蓉有點氣呼呼的說，早知道東華臺要人參的話，她就不和雷震子一起做生意，乾脆全拿去給東王公當抵債用的不是更好嗎？

「但是一開始芙蓉沒想到這點不是嗎？」

「雖然是啦……」芙蓉癟著嘴，都怪她沒想到要問問東王公收不收購人參，都是她笨！

「芙蓉，有些事情玉皇不能開口。」

「我知道，玉皇每一句話都是金口玉言，說了就是定案、不容反抗，所以沒有開口跟我說因為危險要我回去吧？」

「那麼妳想先回來仙界暫避嗎？」東王公紫色的眼睛半垂著，眼神中透出一點兒的試探，他期待芙蓉說出他希望的答案。

他會擔心她在凡間遇上危險的事，但卻又不希望她只會退縮的回頭找避風港。他不希望自己……東華臺、仙界只是一個避風港。

「雖然很討厭甚至怕那個變態，不過現在不是回去的時候。」

自己的事由自己處理，自己捅出來的禍也要自己善後，撒嬌很容易，即使眼前的對象不是好哄的玉皇而是東王公，但芙蓉相信她只要嘴一癟、眼睛擠一泡眼淚出來，即使是東嶽帝君那種超級大冰山也會生出惻隱之心的。

只不過她不敢在帝君面前耍這種花樣罷了，萬一裝可憐的事東窗事發，她絕對要比從一開始坦白從寬要死得難看上千百倍。

「是芙蓉妳的話，沒有問題的。」

「東王公這樣說真令人安心，那我就得在東王公出手前做好我必須要做的事了。」

芙蓉話中把東王公視作自己最大的後盾讓他笑了，不是平常的微笑，而是更明顯的。

東王公不說話，只是用他溫柔的眼神隔著鏡子守護著她。

※　※　※

大清早，平時喜歡稍微賴床的芙蓉像是殭屍翻身般在睜開眼的同時跳了起來，接著見鬼的看著自己和衣而睡的慘狀。

衣服被睡成鹹菜的樣子不要緊，因為還有衣服可以換，但她到底是什麼時候睡著的？她竟然和東王公邊說邊睡著了！

真是糟糕！

芙蓉雙手摀住臉，她把自己的臉都丟光了，不知道東王公有沒有看到她睡到流口水或是打呼的樣子？如果有的話，她以後沒辦法抬頭見他了。

沮喪了一會兒，芙蓉又本著已經發生的事是沒法改變的精神換了身整齊的衣服，梳洗過後打開

房間的窗深呼吸了一口氣。

窗外天色未亮，珍寶閣的伙計也沒這麼早起來活動。打開門走了出去，四周都是靜悄悄的，芙蓉放輕手腳推開潼兒的房門，看到潼兒捲著被子像隻大蝦米般睡得很沉，芙蓉本以為自己這次可以扮演好姐姐的角色，幫踢被子的弟弟蓋被子，可是潼兒連這個機會都不給她。

正想出去，芙蓉看見地上有幾本大概是被風吹開的本子，湊近一看，芙蓉不禁感嘆潼兒練有一手好字，在東華臺的見習仙童中他一直都表現出眾；看到他的字，芙蓉也會有自慚形穢的感覺。把本子合上再找東西壓著，芙蓉發誓她真的不是有心偷看，只是信裡出現了某人的稱呼次數太多，害她想不知道信是寫給誰的也不行。

要是這內容被歐陽子穆看到了不知道會有什麼事情發生。他一直把潼兒當作小姑娘看待，如果把所有事情說出來後，他們能從年齡相差甚大的兄妹變成兄弟嗎？大概也不是不可能吧？

這又是一個困局，一看就知道歐陽子穆絕對是那種很討厭別人騙他、瞞他的類型。

出了潼兒的房間，芙蓉走了幾步，停在另一扇客房的門前。

歲泫被抓走之後，除了整理當時偏廳的混亂情況外，潼兒把他和浮碧在鑑別的東西全都收回來放回歲泫的房間中。

那堆東西全裝在一個大木盒裡，芙蓉一件一件小心的翻出來，大部分都像浮碧說的是沒大用的東西，能賣點小錢，但並不能靠這些來改善生活。

最重要的畫卷芙蓉很快就從盒子底部撈了上來，上次歲泫提起時她沒有太正經的細看，現在畫卷拿在手上，她竟然意外的感到一股陳舊的歷史感。

這東西真的有這麼舊嗎？

芙蓉皺著眉打量著這個神秘出現在歲泫身上的東西，所謂事出反常必有妖，對付千年女妖或是變態或許她不夠在行，但如果是附在畫卷上的東西……只要不是附上千年的就不是問題了。

不過準備還是必要的，現在是清晨，為避免引發什麼騷動把心情惡劣的敖瀟惹來，芙蓉在房間四周用符令布下了兩重結界，既隔聲還防爆。然後拿出她的鞭子、腐蝕水還有一早寫好備用的信箋，以防畫卷裡有妖物。

確保萬無一失後，芙蓉把畫卷放在桌上，正色的吸了口氣才解開細繩。紙質微微泛黃的畫卷順著攤開，畫卷大概是從上而下開始捲起的，於是攤開後芙蓉先看到的是一幅全身丹青的下半部，先是一襲紫藤色的裙裳，再往上打開就出現了一位陌生少女，目測年紀可能比她還小一點，但已經看

得出是位美人胚子。

古有詩人讚頌紫藤吐豔，這丹青中的小美人雖然未及仙界的美麗女仙們，不過放在凡間，小小年紀已是絕色，芙蓉曾見過面的京城三大美人之一的已故寧王妃也是這程度的美人，只不過畫中人的眉宇間多了一種良家婦女沒有的風韻和愁緒。

風韻什麼的不是芙蓉能理解的範圍，她也沒打算為了這種事用傳訊鏡去找狐媚妖術的塗山大師請教。她板著一臉嚴肅的表情垂目看著畫中人。如果歲泫在場的話，一定會驚叫說看到畫中美人的眼睛竟然會動，還避開芙蓉的視線！

「妖孽！看妳能避到何時！」

擺出正義之士斬妖除魔的氣勢，芙蓉的手先是掃過寶貝之一的短刀，刀子可以割破畫卷，依附在上面的妖物也會受到傷害，但是芙蓉實際拿來威脅的卻是她特製的腐蝕水。

沒有任何女性生物可以冷靜面對自己被威脅要毀容的吧？

芙蓉拔掉玉瓶的栓子，黑色的藥液從傾斜的瓶口落在桌子上發出令人不安的黑煙，每落下一滴都會發出令人戰慄的滋滋腐蝕聲。桌子上被腐蝕出來的小洞越來越多，瓶口也越來越接近畫卷的位置了。

「姑娘饒命！請別毀了小女子的臉！」

在一滴黑色腐蝕水快要落在紙上時，一道半透明的人影疾速飄了出來，一雙美目泫然欲泣，纖細的雙手合十的放在胸前，完全的低姿態向芙蓉求饒。

「人都死了還這麼在意自己的臉嗎？」芙蓉無言，她真想說人都死了，身體早就爛掉或變白骨，美與醜都無所謂了吧？

「姑娘長著一張天仙般的臉當然不在乎了，小女子命薄，因為外貌沒少吃苦頭……雖然因為這一點而一生坎坷，但除了這張臉，小女子也不知道自己還擁有什麼了。」

女鬼嚶嚶的哭著，楚楚可憐的，但是芙蓉聽在耳裡只覺得她整句話的重點只是在炫耀她長得好看而已。

為什麼附在畫卷之上的一定要是一隻女鬼？芙蓉實在覺得沒有新意，這種最常發展出來的狀況是應變指南中最多的案例，一點挑戰性也沒有。

不過想一想，畫卷一開始針對的對象是歲泫，並不是她，讓歲泫先打開的話，會不會發展出女鬼配道士青年的老掉牙故事？而根據歷史長河累積的經驗告訴芙蓉，這種故事結局一定不可能有多好。人鬼本已殊途，何況孤魂野鬼的歸處也只有一個。

地府的主人，那位擁有冰點氣場的東嶽帝君絕對不可能容許手上有任何漏網之魚，即使十殿十王全部眼瞎看漏眼，也絕對不可能避得過帝君的法眼。

芙蓉有一種不祥的預感，來抓女鬼的不會是尋常鬼差。現在曲漩應該是仙界的焦點了吧？在這裡發生任何事都會被懷疑和那個赤霞有關吧？搞不好真的有關係，因為畫卷出現的時機實在太湊巧了，芙蓉記得就是她和敖瀟還有潼兒去花街調查浮碧下落的那天晚上。

那一晚她感覺到可疑的視線，而在救出浮碧的那天也一樣。那天她察覺到視線的時候，街上有一名書生摔倒，而地上滿是從這書生身上的袋子中滾出來的一個個畫卷。

為什麼都是畫卷？難道赤霞對畫卷情有獨鍾嗎？

「姑娘……請問姑娘喚小女子所謂何事呢？」女鬼飄浮在畫卷上。身為孤魂野鬼，憑著本能她已經知道面前的這個小姑娘不是一般人，她雖然鬼歷不長，但該知道的基本知識還是有的，而且她還沒聽過有人用腐蝕液體來威脅鬼魂現身的。

女鬼不敢太接近芙蓉，但也不敢逃走，四周都被結界圍了起來，硬闖出去只會落得一個魂飛魄散的下場。

「妳為什麼找上歲泫？」芙蓉扠著腰準備逼供。原本她想採懷柔手段先和女鬼聊聊人生，問問對方姓甚名誰，但一想到女鬼有可能是赤霞的手下，眼前這副可憐模樣都是裝出來時，芙蓉就沒了耐心。

她身邊的仙人都強得把她自身的實力比了下去。其實芙蓉過去半年來，一個人處理任務時並沒有出過大差錯，遇上一隻女鬼她一個人處理是綽綽有餘，雖然聯絡地府把女鬼抓下去來個大逼供更有效率，但她卻沒有膽子呼叫地府的成員，所以她決心要自己一個人逼出情報來！

「因為……因為……」

「因為什麼?本女仙沒時間聽妳磨磨蹭蹭的，眼淚對我也是沒有用的，妳不說清楚，我就把妳當成是妖道的手下滅了妳！」裝腔作勢的恐嚇了一番，芙蓉成功的把女鬼嚇哭了。

「不是的！小女子不是什麼妖道的手下，小女子也是被害的！」

「被害?」

芙蓉一反問，女鬼像怕芙蓉不相信她似的，慌忙把自己的身世還有人生的所有經歷和盤托出，連芙蓉不想聽的都全聽了。

她對女鬼是不是有意中人、還有暗戀對方多久都沒有興趣，不過當她聽到女鬼訴說有多思念那位意中人時，芙蓉不知不覺跟著揪心，她不明白為什麼也沒時間去研究，更不可能反過來去問女鬼為什麼。

女鬼有個芙蓉覺得很大眾化的名字——小倩。有著和十之八九被賣到青樓的女子差不多的遭遇，不過小倩不是被父母賣掉或是因為家道中落只能淪落風塵，她說自己懂事的時候就已經在花樓中生活。

因為長得標緻，花樓的大媽自然對她關照有加，小時候她的生活過得不錯，雖不至錦衣玉食，但小倩過得比一般的商家小姐要好。

不過這一切都是要還的。在花樓長大，到了一定的年紀就直接淪落風塵，再心不甘情不願也是無法掙脫的命運。然後她有了思慕的人，一有機會外出小倩就會去佛寺上香，祈求佛祖庇佑她思慕的對象。

聽到這裡，芙蓉覺得這是一般民間的愛情故事，只要給她一對男女的名字，芙蓉也有辦法即席編一個出來，但這好歹是別人的人生，再千篇一律也都要仔細的聽，這才是尊重。

好不容易終於聽到了重要的部分，小倩開始憶述自己身亡那天的事。

「小女子記得那天是深冬的中午，好不容易可以出門往佛寺一趟，走在街上……」

芙蓉耐著性子聽著女鬼小倩說她在街上遇到在賣畫的意中人，而她竟然在他的攤子上看到自己的畫像，小倩那一刻高興得差點要哭出來，雖然兩人沒有交談，但是無言之間那位書生把那幅畫像送給了小倩。

如果小倩沒有死的話，說不定兩人有機會發展一下吧？而偏偏她意中人送她的畫成了她死後附身的東西，這也不知道是天意還是諷刺了。

難道是讓此生無法和意中人在一起的遺憾，乾脆藉由讓她依附在畫上當作一個解決嗎？這樣也太勉強了吧？

「小女子到了佛寺後為那位公子祈福，想要離開時感到有點不舒服，侍女才走開一下找轎子來時我就看到了。」

「妳看到什麼了？」聽到這句話，芙蓉的精神終於來了。

第十二章 目擊者是個女鬼？

「應該是個外邦人吧？紅色的頭髮，身上穿的服裝也和我們不一樣。」

小倩表現得好像很害怕，已經面無血色的臉在提起赤霞時直接變成透明，渾身也不住的顫抖。

「他在佛寺裡？」

芙蓉感到十分疑惑，雖然赤霞是一個實力強大的妖道，但再強也不會直接跑去寺廟挑釁吧？就不怕把寺廟裡供奉的仙人、菩薩惹出來嗎？

西方那些極樂光頭雖然平時像是很好欺負、打不還手的軟柿子，但惹怒他們後要擺平事情就非常困難了，他們不把你度化誓不罷休，即使追到千里之外也不會放棄。而且妖道也是有腦子的，怎會一下子把仙界和極樂兩方都惹毛？赤霞實力再強也抵不住雙方夾擊吧？

雖然現在沒聽說極樂也要出手，但拖下去恐怕只是遲早的事。

「是的。但他給人的感覺又不像從外邦前來禮佛之人，小女子雖然從未離開曲漩，但也知道這裡的佛寺並非古剎。因為好奇，小女子就多看了兩眼。」

芙蓉沒有催促，小倩已經很努力在憶述自己死前的情況，雖然附帶了很多不必要的情報，但見她已經抖得像落葉般，再逼她就太可憐了。

「那個人從寺院出來的時候手上帶著一個用錦布包著的東西，小女子以為是小偷，想要叫人……然後……」

「我明白了。」

「小女子最後只記得那雙應該是黑色的眼睛，再次醒來已經在這畫卷裡了。」

「好吧！我相信妳不是妖道的手下，只是個可憐人了。」

「姑娘……姑娘擁有通靈的神通對不對？能不能……能不能讓小女子去見他一面？」小倩欲言又止了好一會兒，最後把心一橫，一邊流著淚飄到芙蓉身邊，一邊伸出透明的手像是想要拉芙蓉的衣袖，可是卻碰不到。

「不可以。」

「求求妳！真的只見一面就好！姑娘妳行行好！小女子求求妳！」

小倩見芙蓉別開臉不肯讓步，竟然想要越過芙蓉往房間外逃去，可是整個房間早被芙蓉下了兩道結界法術，小倩才撞上第一道結界就發出悽厲的慘叫，一隻沒有半點道行的新鬼撞上由天仙布下的結界沒有立即煙消雲散已經是奇蹟了。

小倩頹然飄落，乾脆伏在地上哭了起來。

她楚楚可憐的樣子的確讓芙蓉生出罪惡感，可是只有這一點她是不能讓步的，讓了步，就連她都要賠進去、兩敗俱傷了。

「我是女仙，不要做出逼我用法術鎖妳交給地府的事。陰陽相隔，不可以讓妳去糾纏活人，會變成罪孽的。」

「但是……但是……小女子只是遠遠看一眼就好……一眼就夠了。」小倩聽到芙蓉說出身分時顯得更加慌張，她根深柢固覺得變成了孤魂野鬼的自己遇上仙人只有被收伏下地獄的下場，即使自己想要反抗，恐怕也不可能成功。

「不能。」

想開口再求，但小倩看到芙蓉為難的臉色，知道對方也不是刻意刁難自己；她本就是個溫婉善良的人，也習慣認命，在芙蓉再一次堅決的搖頭後，她只是飄回畫卷上挽袖拭淚。

看著飲泣的小倩，芙蓉沉默了。那些人鬼殊途、天道不容之類的話，若真要說，芙蓉一定說得出來，但現在不是說那些的時機，人家姑娘枉死已經夠慘了，自己不答應放她見情郎更是十分絕情，但這方面實在是不可以心軟。

放小倩出去很簡單，芙蓉也有辦法讓她悄悄見上意中人一面，但如果因一時的同情幫小倩這樣做之後，小倩到了地府一定會被問罪的，幫她變成害她，而且自己還是害人害己了。

東嶽帝君一定不會放過她的。聽說近期帝君看得很緊，嚴令十王整肅逾期沒有到地府報到的鬼魂，事源大概是上次寧王妃孫明尚沒有如期到地府報到、更被姬英弄成鬼魔，讓帝君把地府前線的疏失全挑出來了。

芙蓉聽說了回到地府之後，帝君把十殿十王罵了個狗血淋頭，全部人好像凍在了地府入口兩、三天也沒有辦法解凍回去。

小倩已經逾期逗留，不可以再背負沒必要的罪孽了。

芙蓉想像一下萬一東窗事發後的情況，不禁大大的打了個寒顫，為了自己的心理健康著想，芙蓉決定轉移話題。

「小倩，妳為什麼會選上歲泫纏上的？」

「小女子並不認識歲泫公子。」用袖子抹著眼角滑落的淚珠，提起歲泫，小倩只知道搖頭，還立即誓神劈願說真的不認識。

「不認識啊……」芙蓉有點納悶，她也認為歲泫不太可能認識在花街長大的小倩，現在知道了小倩在畫裡的原因，但卻解釋不了畫卷跑到歲泫手上的事。

「難道是畫卷本身有什麼問題嗎？」帶著這樣的疑問，芙蓉把攤開的畫卷翻來覆去的詳細檢查了一遍，卻沒有任何特別的線索，除了上面有一絲微弱的靈氣。

那是沒有汙染的清純靈氣，芙蓉可以肯定不是出自赤霞之手。小倩說過畫卷是她那賣畫的書生意中人贈送給她的，難道說那書生是一個不出世的隱世高人？連畫丹青都能帶著清澄的靈氣？

太奇怪了！

這個疑團令芙蓉感到疑惑，她原本還在想是不是赤霞殺了小倩之後，把她封進畫卷中的？如果是這樣，小倩出現在歲泫身邊才解釋得通，因為小倩是赤霞故意放進來的眼線，但似乎這個假設並不成立。

到底是怎搞的？

「請問那個外邦人到底……」

「他可不是什麼外邦人，他是貨真價實的邪魔外道。」芙蓉頓了一頓更正。「是變態，見著了一定要繞道而行！」

「妖……妖道？但是小女子好像在花街也有見過他……」

「咦！什麼時候的事？」芙蓉驚叫了一聲，心想難道那天到花街查探時發現的視線就是他的！

「記得是進了畫卷後，直到遇上那位歲泫公子之前的事，小女子死後對時間的感覺迷迷糊糊的，只記得期間會模糊的看見街上來來往往的人，那個外邦人一眼就能認出來了，小女子這輩子不會忘了他。」話說到最後還多了幾分怨懟，接著變成無奈，小倩又嘆了口氣、流下眼淚。

「這是很重大的情報呀！」

房門上紙糊的部分不知何時多了兩個被戳出來的小洞，一雙杏仁眼瞳在破洞後眨呀眨，一聽到感興趣的直接破門搭訕了。

「雷震子大哥？你什麼時候在那裡的？」芙蓉早就知道房間內的動靜很容易把其他人驚動過來，因此才設了兩重結界法術的，現在雷震子堂堂登場也不知道已經偷聽了多久，該不會她的法術才架起，他們已經斂著氣息過來八卦了吧？

「老子的房間就在隔壁嘛！大概是在芙蓉很決斷拒絕了人家姑娘時就聽到了，想不到芙蓉也有不心軟的時候呢！」雷震子伸出手指戳了戳芙蓉的結界，一層層的霞光在他的指尖散開，似乎他很喜歡這樣玩。

他一邊搔著耳朵一邊戳，身上還穿著睡覺時的裝束，小倩一看到他邋遢的樣子驚慌的別開了臉，連鬼都沒眼看了。

雷震子看到小倩的反應還以為她在害羞，連忙揚起一個爽直陽光的笑容，只差沒在額角鑿上

「我不是壞人」幾個字。芙蓉覺得要是三哥哥在場看到，絕對會手起掌落把雷震子拍飛到天邊。

雖然哪吒不在場，但今天有另一個人代替了他的工作。

雷震子目前的債主敖瀟無聲的出現在他身後，高傲華麗的水晶宮殿下沒有徒手動粗，他手腕靈活一轉，一柄平時不知藏在何處、但必要時會拿出來增加貴公子氣場的扇子出現在手上，他轉了轉扇子握穩使勁敲在雷震子的頭上，成功的把雷震子打得哀叫著滾一邊去。

「芙蓉的決定是正確的。」

難得敖瀟給予正面的評價，不過芙蓉沒忘記從昨天開始敖瀟的心情就十分糟糕，所以她不敢沾沾自喜，怕一個應對不好就要被敖瀟諷刺了。

敖瀟的氣場太過強大，他一出場，小倩不禁顫抖著飄到芙蓉後面，但仍不忘屈膝施禮。她在花樓長大，富貴人家的公子見過不少，但就像曲漩的上流和京城的上流屬於不同層次一樣，在敖瀟的注視下，小倩自知卑微，頭低了下來看也不敢看，變成一個連上茶都還沒資格的婢女似的。

小倩面對雷震子和敖瀟的態度完全是兩個樣子，芙蓉大概明白小倩的觀感。因為雷震子和敖瀟一起出現，就像是王公貴族和痞子走在一起般引發強烈反差，雖然雷震子只是個性大而化之和不修邊幅，但是沒辦法呀，他們兩個給人的第一印象就是這樣，沒經過時間理解是不會知道雷震子真實的一面。

敖瀟審視著小倩，心裡比芙蓉多了幾分疑問。

雖然在靈氣感應上，芙蓉有著先天的優勢，但敖瀟畢竟是高階仙人，到了他這種層級即使再粗枝大葉，該留意到的靈氣流動也能感應得到。

他感覺到芙蓉在小倩身邊沒有特地把身上的護身仙氣收起來，正常來說，孤魂野鬼遇上仙人會退避三舍就是因為仙人身上的仙氣會讓他們受傷，但現在小倩就在芙蓉身邊，什麼道行都沒有的她應該早就被仙氣所傷，可她身上卻有薄薄的一層清澈的靈氣保護著。

敖瀟不認為這是赤霞的手段。

「怎麼了？」反正人已經驚動了，芙蓉乾脆撤下法術。

敖瀟一進來就拿起小倩依附的畫卷，仔細的檢查了一遍，開口道：「紙質有點糟。」

「這不是重點吧？」芙蓉翻了個大白眼，敖瀟這個感想在這時候說出來實在是太白目了！

「判斷一件物品是不是寶貝，自然要先從材質入手。太不可思議了，畫卷上真的什麼都沒有嗎？」

「沒有。如果你信我的眼光的話。」芙蓉別開頭不太情願的說，再說下去就要深入解釋她天生的能力了吧？這方面她很固執的不想解說太多。

「為兄並沒說不相信妳。」

要敖瀟在人前做出如同鄰家大哥哥般搓搓頭頂這樣親暱的舉動是不可能的，特別在女鬼面前更不可能了。

「那現在怎麼辦？小倩還待在凡間不妥吧？」

芙蓉和敖瀟圍在畫卷前討論，怕敖瀟多過芙蓉很多的小倩已經縮回畫卷之中，不敢出來了。

「芙蓉妳記不記得那次我們到花街的事？」

「請把『查探』二字也加進句子中，不然好像在說我和你在花街幹了什麼奇怪的事似的。」

「的確是很怪，不是嗎？一個晚上差不多將全部花魁的房間都去過，沒有人這樣逛花街吧？」

「芙蓉……妳……妳竟然……」蹲在門口的雷震子發出震驚的聲音，繞過敖瀟伸手可及的攻擊範圍走了上來。

這位被芙蓉暱稱一聲大哥的青年好像受了很大的打擊般，視線在芙蓉和敖瀟身上來來回回，平時連見到玉皇都嘻嘻傻笑的他竟然難得擺出正經的表情，走近幾步來到芙蓉的身邊。

「芙蓉，哪吒說過要是妳在凡間出了什麼大事小事都要唯老子是問的，妳千萬不要學壞呀！特別是不要在這裡學壞！妳知道的，哪吒不會找姓敖的尋仇，所以老子必定先遭殃呀！」

雷震子說話完全不會避諱用詞，經常想到什麼就說什麼，好聽的就是率直，難聽的就是口不擇言。他只記得哪吒不能下凡是因為身上還有天宮的值勤任務，但除此之外，最大的問題是哪吒和水晶宮的關係十分微妙。

那個故事在凡間連小孩子都懂得，哪吒小時候誤殺了龍皇的三皇子，所以才落得了一個要削骨還父、割肉還母的境地。

哪吒宰了的正是敖瀟的三哥。不過，說是宰了有點不正確，現在那位敖三殿下仍是活蹦亂跳的在水晶宮四處溜達——那次的事件最後只有重傷者而沒有被害者，只不過重傷者的修行得重頭來過而已。

所以敖三殿下現在仍是小鬼頭，平日不時就會吵著要去找哪吒算帳討糖吃，後者對這個小鬼頭的忍讓度可大了，根本是變成不打不相識的好兄弟，讓人想像不到當年這兩個人就在東海水域大打出手還差點釀成血案。

哪吒和水晶宮的三殿下友好，但不代表和其他敖氏成員一樣兄友弟恭，比如在場的敖瀟和哪吒就只是點頭之交。但如同雷震子說的，看在敖三殿下分上，哪吒不會找敖瀟尋仇，所以遭殃的一定是雷震子自己。

「你是說，水晶宮和哪吒有什麼秘密勾結嗎？」敖瀟危險的瞇起了眼睛，四周的溫度又開始下降了。

芙蓉飛快的收起小倩的畫卷小心保護著，免得弱小的陰魂耐不住敖瀟的寒氣，畫卷的紙凍碎之餘連魂魄也被跟著打散。

「老子哪有這樣說！只是說芙蓉跟你學壞了遭殃的是老子而已。」

——這句就有語病了吧？雷震子大哥！

撇開不在場的潼兒，芙蓉的資歷明明最淺，但她實在不明白為什麼一些位階高的仙人碰面就會做出這麼孩子氣又無聊的爭論呢？那應是他們這些小輩的專利才對吧？

「你們兩個不要拿我來消遣了，我會生氣的。」芙蓉無言的看著兩個仙人在她面前開始為了和大事沒有半點關係的瑣事爭辯，她真想再次強調自己跑去花街不是去玩的。

「不！千萬不要！」雷震子立即舉高雙手投降，敖瀟也向他投去可怕的眼神，雷震子立即從敖瀟附近疾速移開。

芙蓉抱著小倩的畫卷去把房間的窗打開，外邊的冷空氣吹了進來，把剛才過分吵鬧的氣氛沖淡了些。

敖瀟瞪了雷震子一眼後，在房間找了正對房門的位子坐下，然後朝外面說了一句：「來了就進來吧。」

順著敖瀟這句話，芙蓉和雷震子一起看向房門那邊，發現浮碧正站在那裡。他似乎是剛到，還沒開口打招呼就被敖瀟發現了。

「各位早安。」

昨天被赤霞再次襲擊後，浮碧表現得很沮喪也很不安，即使順利解開身上的禁制，芙蓉也知道他仍未釋懷，所以今天見到敖瀟，他也沒有像平時那樣和對方舌戰。

但今天他給人的感覺有點不同。一身打扮仍是和之前差不多，既有著敖氏一族喜愛的華麗感，又有浮碧自己簡單俐落的風格；除此之外，芙蓉發現他身上多了一塊之前沒有的腰牌，那應該是令牌之類的東西。

「六殿下，今早丞相大人從水晶宮帶來了令牌。」

「嗯。」敖瀟只是簡單的應了聲，好像浮碧重新拿回水晶宮的令牌和他一點關係也沒有似的。

不過芙蓉卻認為，活像神龍見首不見尾的龜丞相之前不見蹤影，一定是敖瀟吩咐他回去水晶宮一趟。

浮碧看起來顯得不同，是因為身上多了自己身分的認同嗎？失去了記憶、沒有了自己的過去、沒有了自己的歸屬……這些都沒有了就會感到徬徨，之前芙蓉覺得浮碧表現很堅強，但可能那正是他脆弱不安的一面。

現在的他，才是真正管理那片湖和水脈的龍王浮碧吧？真正相信自己的身分，也有足夠的能力，終於可以成為一道戰力、不會拖後腿的自信。

「談回正事。」敖瀟率先把話題再開，其他人也圍著桌子坐下。

芙蓉把畫卷放回桌上，只是小倩現在不敢現身。

「呵！這女鬼姑娘害羞了？」

「雷震子大哥，在當事人面前這樣說是登徒子調戲良家婦女的標準用語，會被鄙視的。」

芙蓉大力扯了下雷震子的衣袖，然後飛快的拿出凡間應對手冊，掀開面前登徒子的應對方案那一頁，先列出來的是登徒子最愛使用的開場白，看得雷震子眼睛睜大得要掉出來了。

「這東西是誰做的！怎麼會這麼清楚！」

雷震子慘叫一聲，不停的強調自己不是壞人，只可惜在場除了芙蓉還會安慰他之外，就沒有其他人會理他了。

浮碧沉默著，而敖瀟的嘴角則勾著一個不懷好意的笑容，感覺很可怕，而且他竟然很親切的開口問了。

「雷震子你要是對這本指南書有什麼不滿，儘管回去仙界跟紫府的主事者說。沒貢獻就別插嘴礙事了。」

雷震子花了幾秒時間去消化敖瀟的話，當他想出話中的意思後，臉色很精采的轉了幾次顏色，接下來結巴著向芙蓉問明了指南書的出處，然後像是靈魂出竅般原地石化了。

「沒了……沒了……這次沒了……」

在石化前他喃喃自語的唸了幾句東王公什麼的，芙蓉沒有聽清楚，不過從斷斷續續的字詞中聽得出來，他正在擔心回去後會被東王公秋後算帳吧？

只是即使指南書是紫府出品，也不一定和東王公有什麼關係吧？有必要沮喪到這地步嗎？東王公有這麼閒到親自去撰寫這類書籍嗎？有時間他都是找個清靜的地方自己下棋不是嗎？

雷震子大哥這樣的反應也難怪會惹得敖瀟故意整他，而哪吒三哥哥是每次見面都會揍他，說到根本——就是雷震子大哥天生真欠扁！

由得敖瀟在那邊繼續打擊著雷震子，芙蓉先向不知道當時狀況的浮碧簡單說明那天在花街發生的事，才說到自己帶著潼兒跟敖瀟跑到花街，浮碧也是立即給她一臉不可置信兼不認同的表情，隨即把責怪的目光投向敖瀟，無聲的在責備敖瀟的安排有欠考慮。

因為談話的對象不是整天氣場外洩的敖瀟，原本躲在畫裡的小倩有點膽怯的從畫裡飄出，怯生生的向浮碧行了個禮。

小倩已經確信了芙蓉是女仙下凡，連帶進來房間的這幾個人小倩也相信了他們是仙人之流，作為一縷孤魂的她雖然有死了的遺憾，但現在心裡面更多的是震驚。

她竟然看到活生生的仙人了！

浮碧給小倩的感覺，比跟敖瀟容易相處得多。或許浮碧有著守護這片區域水脈的意識，因此對小倩的態度頗為親切，換了是一般的凡夫俗子，恐怕即使對小倩和顏悅色，她也會以為是另有企圖，而城內冷眼看小倩這類女子的人卻是大多數，但龍王浮碧卻願意對她微微一笑，小倩感動得都要哭了。

芙蓉終於說到歲泫懷疑自己遇上鬼差的事。

「我記得歲泫說自己遇上兩個黑影，應該是鬼差吧？他們都是兩人一組行動的。」芙蓉所有的假設都是建立在歲泫的體驗，而她能從當時那種沒有異樣的邪氣來判斷歲泫遇到的不是妖怪。

「如果當時鬼差不是針對歲泫而是在找這畫卷中的陰魂，不是一樣說得通嗎？」浮碧拿起小倩藏身的畫卷，如果昨天他沒有先發現那個裝有避水珠的銅球而先查看畫卷，他們可能已經早一步從小倩口中知道這些有關赤霞的情報了。

可惜千金難買早知道。

芙蓉回想那天歲泫說過的話，他說先聽到像是女人的哭聲，然後看到從遠而近的黑影掠過身邊，在和影子相交的一瞬間他聽到了——

限期之前我們會再來的。

如果鬼差這句話是針對小倩，那不就表示她的限期還沒到嗎？難道她還沒死，只是靈魂出竅？

這不可能！

芙蓉不相信自己連生魂和陰魂都分不清楚，但這樣子她更迷茫了。凡人死後一定要被帶到地府，東嶽帝君一直認為讓亡者的陰魂留在凡間對各方面都沒有好處，所以一直以來他嚴格要求部下做到這一點。

芙蓉無法想像做事一板一眼、超有原則的帝君會破例容許一縷陰魂停留凡間。他到底是怎樣冷著一張臉批准的？芙蓉非常好奇，這種事她從沒聽說過。如果帝君這麼好商量，他就不會是仙界有名的移動冰山了。

凡間或許有些民間故事和鬼魂有關，有些更說是閻王開恩給一些鬼魂時間申冤什麼的，能得到法外開恩的都是一些善魂，這些故事在凡間有著弘揚善有善報、惡有惡報的效果。但那其實是帝君手下十王私自做的，芙蓉知道事後有份參與的十王被帝君狠狠處罰，那時候連芙蓉也不禁為受罰的十王動了惻隱之心，可見帝君罰得多厲害。

所以芙蓉根本無法想像帝君會批准這種事，帝君這異常的舉動比妖道中出了一個變態更可怕！

「為什麼鬼差會說『限期之前我們會再來的』？」芙蓉想不明白，求助的目光投到浮碧身上。

「我也不清楚，但既然小倩就在我們這裡，鬼差不可能不知道，他們沒來帶走她，也就說明限期一事可能是真的了。」浮碧以他自己的常識來回答。現在即使芙蓉說再多帝君的可怕之處，他也沒辦法真切的感覺得到。

「真難想像。」芙蓉嘟著嘴搖頭。

「先別說地府是否會格外開恩，現在既然鬼差沒來，芙蓉妳就要好好照看她，她目擊了妖道在佛寺拿走了東西，不知道會不會被滅口。」說到這裡，浮碧頓了頓思考了一下。「說不定昨天歲泫被帶走的事當中，有什麼我們不知道的原因。」

聽完浮碧的話，小倩不安的看向芙蓉，她唯一敢求助的就只有芙蓉了，小倩不想自己成為妖怪的餌食，她還憧憬著投胎轉世、下一世會有更好的人生。

「無論原因是出於什麼都好，歲泫是一定得儘快救回來的。」

話雖如此，芙蓉卻未想到具體的計畫。敵暗我明，芙蓉連赤霞窩藏在什麼地方也未掌握，即使找到了，他們現有的戰力打不打得過赤霞？能不能一口氣掀翻妖道的陰謀？

仙界應該是有什麼布署吧？昨晚東王公有說最後交給他……

「如果我能記起來就好了。」浮碧一臉痛苦的垂下頭，在場應該就數他最清楚赤霞的底細，湖底龍宮發生的事他應該全都看在眼裡，只要記起那時候的事，就可以知道赤霞的實力到達什麼程度，同樣的，他們也能查出他究竟隱藏了什麼樣的能力。

那是連敖瀟這樣的人也會栽倒的能力，要直搗黃龍就要先找到對抗赤霞能力的方法，不然他們就是送羊入虎口。

芙蓉和浮碧兩人一同陷入了低氣壓的籠罩之下，小倩不知所措想要轉頭去找另外兩個可怕仙人的時候，卻發現那兩人不知何時已經離開了房間，走得無聲無息。

仙人都是這樣子的嗎？小倩覺得這些仙人給自己的印象和想像中的不大相同。

收回視線，芙蓉和浮碧仍是埋頭苦思著，小倩現在有兩個選擇，一個是跟著他們一起沉默，二是縮回畫裡睡大覺，反正她也沒辦法自己移動。

但難得從畫卷解放出來，小倩不想把珍貴的時間浪費掉。她靜靜的在一邊等待，好不容易等到浮碧抬起頭，她連忙飄前一點搶在對方繼續沉思時開了口。

「這位大人……請恕小女子多言……」

「妳說吧！」浮碧微微點頭。

得到他的同意後，小倩鬆了口氣。

不只浮碧，連芙蓉也抬起頭看著小倩。小倩吸了口氣後，把她想問的問了出來。

「大人好像是為了忘記某些事而煩惱？」

「不是某些事，而是所有的事。」浮碧失笑一下，自己的問題連一縷孤魂都放在心上了，他沒辦法不覺得無奈。

「浮碧他原是城郊湖泊的龍王，因為受傷，現在失去記憶。」

芙蓉為不明所以的小倩說明了一下，但一提到那個湖，小倩的雙眼就像發光似的，好像有點激動的向浮碧鄭重的行了一禮。

「怎麼了?」

「小女子曾經到那湖邊一次,想不到小女子有機會看到真實的龍王大人!」

「怎麼妳對浮碧的尊敬態度和對我的這麼不同呀?」芙蓉心想自己不也報上女仙的名號了嘛?難道她和雷震子大哥一樣,和姓敖的湊在一起就會被比下去?

「因為……因為小女子從沒想過身邊真的會有真實存在的仙人……而且還是自己接觸過的。但龍王大人現在不記得所有的事了?」

「是的。」

「呀!怎麼這樣……」

芙蓉嚇了一跳,小倩竟然紅了眼眶,眼淚飛快的凝聚出來,看起來楚楚可憐極了。芙蓉很想遞上手帕,可小倩是一縷陰魂,即使她遞了出來,小倩也碰不到。

「小女子記得以前有位姐姐也是這樣的情況,那時她才十六歲,因為做錯事被管事的大娘責罵,哭著跑出去時從閣樓的樓梯失足摔了下去,醒來後什麼都不記得了。」說完,小倩小心翼翼的看了看浮碧的神色,有些自卑的轉開了視線。「小女子出身的地方比較複雜,那位姐姐痊癒後幾度尋死，結果有一次她掙扎時再次從樓梯上摔下來，怎料這一摔反而摔好了。」

「好了？」芙蓉疑慮的問，到底是個怎樣的摔好法？

「是的。她什麼都記回來了。」

芙蓉和浮碧相視一眼，這種方法雖然沒有任何憑據甚至是土法製作，但是浮碧卻生出一絲想試試的感覺。

「等等！浮碧大人難道你是認真的嗎？」

「事到如今也沒有別的辦法了吧？」

第十三章 龍王你是認真的嗎？

浮碧很堅決，芙蓉實在無力阻止，這讓她有些急得跳腳，難道真的要眼睜睜看著浮碧跑去滾樓梯試試土法治療是不是可行嗎？

他們仙人辦事是這麼草率的嗎？要是滾完樓梯發現根本沒有用那怎麼辦？難道爬起來拍拍身上的灰塵，然後若無其事的離去？怎樣想都很蠢。

為什麼這樣的提議敖瀟竟然不阻止？

當時芙蓉想著為什麼還沒有拍桌聲或是雷震子大哥的附和聲，轉頭一看才發現他們兩個早已經不在房間裡了。

芙蓉不敢就這樣將浮碧放行，萬一在滾樓梯的過程中出了什麼事，她得擔上見死不救、知情不報的壞名。

現在找不到敖瀟不要緊，她還有別的折衷方法！

芙蓉奮筆疾書寫了信送給龜丞相，對於這位相處了幾天的老人家，芙蓉還滿有好感的，她自然知道自己很得老人家人緣，只是如果龜丞相有空時不幫著老龍皇遊說她去水晶宮玩的話就更好了。

龜丞相回信的速度很快，片刻之間已經回了信給芙蓉，但是老丞相竟然說浮碧想怎樣做就讓他怎樣做，還反過來安慰說他們敖氏的成員都很耐摔，浮碧滾完樓梯即使沒回復記憶也不見得會有什麼重大傷勢……

看到這回答，芙蓉完全無力了。

她感到非常無奈，同樣的當睡過了頭、揉著眼睛走出房間的潼兒聽到後也是同一個反應。

仙人跑去滾樓梯實在是前所未聞。

「芙蓉，這破主意到底是誰出的？」

潼兒連早點都沒心思吃了，他震驚的看著浮碧行動極快的把未起床的掌櫃挖起來，吩咐他在兩刻鐘之內匯報出曲漩城內樓梯最長的地方。

如果是問掌櫃曲漩的商業行情，相信他一定能朗朗上口的長篇大論起來，但問他哪裡的樓梯最長，就可難倒他了。想要問浮碧一句為什麼，但可憐的掌櫃只得到從浮碧身上散發出來的那種敖氏特有的強硬和高傲——完全不容他反抗！

原來浮碧也有這樣的一面，為了一條樓梯他認真了……

潼兒只能和芙蓉一起待在一邊等著，期間他懷疑的看著芙蓉，等待她快快自白。

「你不要這樣看我，絕不是我。」芙蓉舉高雙手準備誓神劈願，但潼兒還是以一道懷疑的目光看著芙蓉，差點沒氣死芙蓉。

直到小倩從畫卷冒出來自首，潼兒才尷尬的向芙蓉賠不是，可惜已經太遲。芙蓉已經發動報復手段——掐了潼兒的臉頰。

限時的兩刻鐘大概只過了一半的時間，不得不說在敖瀟等水晶宮主子們的強度訓練下，掌櫃的情報收集能力很優秀，連這類突如其來的要求掌櫃也能在這麼短的時間內交回結果，而且還提供了不只一個選擇。

浮碧十分認真的在看那地點清單，他越認真芙蓉就越不安心，不知道掌櫃到底選了什麼給浮碧，該不會把又斜又崎嶇的都列出來了吧？回頭要跟他說一下他這是在間接謀害主子！

「浮碧大人，這方法實在太危險了，不如我們先從丹藥方面試試好不好？」

芙蓉本著最後一絲希望再開始遊說，但浮碧只是微微牽動嘴角笑了一下，視線仍是在清單上來回看著。

浮碧沒興趣，不過潼兒聽到丹藥二字神經就被觸動了。

「芙蓉妳身上有這方面的丹藥嗎？」

「……我有丹方。」

「那麼滾樓梯的危險度應該低一點。」潼兒緩緩的別開頭嘟囔了句，還悄悄的在以為芙蓉看不到的角度向浮碧無聲傳遞出絕對不要答應的訊息。

潼兒認為上次他沒能成功阻止李崇禮，但今次要成功阻止浮碧才行！

「潼兒，我聽到了。」芙蓉沒好氣的說著。潼兒把頭扭得這麼厲害是做什麼她若看不出來就是眼瞎了！

「我……我什麼都沒說嘛！」潼兒縮著肩膀悄悄的再移近浮碧，拿別人做擋箭牌。

「大家也不用勸我了，不是有說不入虎穴焉得虎子嗎？我好歹也是仙人，摔不死的。」

看著浮碧堅決的表情，芙蓉和潼兒終於放棄說服他。他們也沒道理把浮碧對事件的著急和決心一一否定，浮碧才是事件的當事人，而他們全都只是外來者罷了。

但他們萬萬沒有想到，有小閣樓的樓梯不選，浮碧在掌櫃提供的清單中選了曲漩城樓的樓梯。

雖然那的確是城內最高的建築物，可那畢竟是在城牆上的，這代表他們要跑到人來人往的地方滾樓梯？即使有隱身法術，還是很尷尬吧？要是有什麼意外怎麼辦？萬一浮碧摔下去後隱身法術解開了，那不是糗大了！

※　※　※

太過擔心會發生突發狀況，芙蓉和潼兒堅持跟著浮碧來到城樓。

整座城的四道主要城門以北門最高，現在浮碧就站在最高點俯視著一整個城市，春天微寒的晨風吹起他的長髮，從背影看過去，讓人覺得他有一份決然的氣勢。

浮碧表現得很豁達和決斷，而芙蓉的憂心卻比剛才多了幾十倍！她現在都有回去把掌櫃拍扁的衝動！

託得掌櫃提供了城樓這個地點，浮碧來到時的確很滿意那條長長的石樓梯，不過最後他看上眼的卻是城樓的最高點，也就是浮碧現在站的位置。

一般人是不可能爬到那種地方去的。

事態從預定的滾樓梯療法，突變成跳城樓療法了。

「芙蓉……如果是妳的話，這樣摔下去會沒事嗎？」潼兒走在城牆的邊緣，他現在站的位置和浮碧的最高點差了一個閣樓的高度，但他從這裡往下看已經覺得很高，要是不能用飛行法術，這樣摔下去人都要散架了。

「我會飛，所以一定會在著地前飛起來，不然就得讓人幫我收屍了吧？最怕摔不死要躺床

呢！」想了想死不了但殘了的生活，芙蓉覺得冷汗都要流下來了。不知道浮碧大人有沒有考慮過在緊急時用飛的幫自己解圍？還是硬要直接摔到地上？

「好……好高……」同樣是第一次登上城樓的小倩，幽幽的聲音從芙蓉袖子中傳出，大白天她沒辦法現身，只能寄身在芙蓉身上的百寶袋中跟了出來。

「浮碧大人……」

芙蓉想提醒一下準備要滾的樓梯在另一邊的方向，只見浮碧轉過頭來，微笑著看了她和潼兒一眼。

「這裡就可以了。」

晨風把浮碧的長髮吹起，一絲絲泛著藍光的長髮飄在空中，一身錦服被風吹得劈啪作響。

敖氏一族的人每一個都天生帶著騰龍的氣勢，現在浮碧居高臨下看著整個城市，他本身的氣質又是帶著書卷氣的武將，一瞬間真的讓芙蓉和潼兒有錯覺站在那裡的是戰場上運籌帷幄的智將。

浮碧迎著風閉起雙眼，當視線被遮蔽、耳邊只剩下風聲時，他覺得眼前原本的漆黑視線慢慢的浮現出一幕幕過去的畫面，很多未見過的臉孔掠過。

一張臉代表一個認識的人、一個故事。

浮碧努力的在這些陌生臉孔中找尋屬於自己的故事。

張開眼，湖綠色的眼睛看向有著魚鱗雲的天空，這樣的風景他很少看到，但卻和他過去每天會看到的風景很相似，只不過那裡的天空是水波。

那裡已經變得完全不一樣了，已經回不去了。

浮碧仰著天空再次閉起雙眼，一道無聲的眼淚滑下臉頰。下一秒，城樓之上已經沒有人影，只剩下兩聲凡人聽不到的尖叫聲。

※　※　※

看著天空的不只是在曲漩城樓上的人。

白天的花街很冷清，在這裡生活的姑娘們才剛歇下休息，各個花樓也在清理一夜的杯盤狼籍，除了各自店裡幹活的人在活動外，四周都是靜悄悄的，連街上也沒有幾個路人走過。

紅燈籠在白天沒有作用，只變成一個單純的裝飾品在屋簷下隨著輕風飄動，唯一不同的是某一處閣樓的窗紗。

這裡的主人反常的在大白天打開了所有的窗戶，一片片紅紗被風扯出窗外，但是這反常的景象卻沒有吸引街上那只有幾個路人的注意，路過的人都沒有看到那一道道礙眼的紅紗似的，也沒有留意到這閣樓的窗子已經有好幾天沒關上。

這和一般花樓姑娘的作息有很大的出入，早兩天還下著微雨，家家戶戶都把窗關上，唯獨這閣樓的窗子依舊維持著打開的狀態。

「這雲……是個會下雨的天空呢！」

天空一片魚鱗雲，赤霞站在窗前沉著臉色，看著在雲中一閃而過的長條形體。

除了這目視得到的情況，他還聽到了像是從天上壓下來的龍吟。

「禁制失效了。那位龍王全都想起來了吧？」

赤霞的嘴角勾起一道玩味的笑容，看似天空的異象對他來說只是不值一提，只是他計畫中的一部分而已，既然是一早就預測到會發生的事，那麼就不用為此驚惶失措。

留在曲漩中的那些仙人有什麼舉動、龍王是否回復了記憶，都不是赤霞關心的問題。比起這些，他現在有更重要的事辦。

「芙蓉果然是個不可多得的人呢！」

赤霞的聲音聽起來是愉悅的，可是他的表情卻很陰鬱。

雖然沒有接觸到他的視線，但一直待在赤霞旁邊的灰衣人不自覺的退了兩步，不敢靠近心情陰晴不定的主子。

良久，待天上的異樣全都平靜下來後赤霞轉過了頭，一雙眼帶著厭惡看向灰衣人。

「你跟在妖王身邊這麼久了，有見過那樣的仙人嗎？」

「沒……沒有。」聽到赤霞提起妖王，灰衣人心驚一下。他小心翼翼的看向赤霞，但一接觸到他鎖定自己的視線就立即心虛的別開了頭。

「那麼有趣的女仙陪在身邊多好，越來越想得到她了。但她也只能是我的戰利品，不會是妖王的，你聽得明白嗎？」

「……赤霞大人，您……」

「為什麼妖王要把你派到我身邊來？」

「赤霞大人……」

「呀？難道你以為我不知道？就是知道才讓沒了一隻手臂的你留下呀！妖王的面子到底是要給的。」

赤霞還是呵呵笑般的語焉不詳，但灰衣人已經聽得心都涼了。他是妖王派來的事原來早已經曝光，以赤霞的個性，他等一下會有什麼下場？即使他向赤霞說明自己是真心輔助他辦事，也不會得到一絲一毫的信任。

看著低下頭沉默下去的灰衣人，赤霞瞇了瞇黑銀色的眼睛，眼神的嫌惡明顯加深了。不過他的嫌惡是針對灰衣人的態度，並非指灰衣人是妖王的人。

「我說我該怎樣處置你好呢？」赤霞故意冷笑了一下。「妖王不干涉我時自然可以睜隻眼、閉隻眼，但現在妖王在背後擺弄些小動作了，我就感覺你變得礙眼很多，你說怎辦才好？」

赤霞邊說邊轉過身笑盈盈的看向灰衣人。

留意到他的舉動，灰衣人驚恐的抬起頭。赤霞每走一步他就退一步，直到赤霞停下腳步搖了搖頭，黑銀色的眼睛帶著殺意的瞇了一下。

灰衣人不敢再動，他知道這是赤霞的最後警告。他要是敢再退後一步，赤霞不會顧忌妖王，當場就會把他殺了。

對赤霞而言，殺不殺他只不過是心情的問題，就算赤霞真的把他殺了，其實妖王也不會說一句的；在妖王眼中，他也只不過是一枚棋子，棋子沒了再找就是。

妖王和赤霞兩人之間，灰衣人並不知道有沒有什麼不為人知的事，他只知道赤霞如無意外將是下任妖王，他的實力認真起來說不定妖王也沒有辦法在短時間內制服他，更何況是自己？

灰衣人知道自己的死期恐怕近了。他整個身體就像是被釘在地上一樣動彈不得，只能看著赤霞一步步走近他，直到那抹紅色的身影來到他的面前，那一雙微涼的手勾起了他的臉，迫他對上那雙帶著一抹殘忍的眼睛。

「你自己說你還有什麼用？連水晶宮的殿下也對付不了，還弄得一身是傷的？」

「饒……饒命……」

「下次再什麼用都沒有的話就不用回來了，給我死在外面就好，還是把你的屍首保存下來送給妖王？」

「赤霞大人，妖王他……」

赤霞面不改容把灰衣人掐著脖子揪起來，灰衣人的脖子都要發出不祥的關節聲了。

「妖王是妖王，我是我！他有什麼意見的話讓他直接跟我說呀！讓可有可無的你來我身邊多嘴算什麼？呵！別開玩笑了！」

「不……」有一瞬間灰衣人露出一個受傷的表情，他微顫的嘴唇藏著不敢說出口的抗辯，還有內心的不甘。

赤霞不是一個好主子，脾氣不好，行事飄忽也是一直沒改變過的事，計畫剛開始進行的時候赤霞也沒有像現在般躁進，當初赤霞每一步都十分謹慎，所以仙界才會一直沒有抓到他們的小辮子，而他們一早就已經計算到計畫的中後期開始會再也瞞不住仙界。

赤霞的改變好像就是從那時候開始，原本計畫中沒有突襲龍宮的事，也沒有打算過把龍宮屠得一乾二淨，更加沒有想要冒著得罪整個水晶宮而在龍王身上施下禁制。

灰衣人知道赤霞的改變正是從他向妖王暗中報告時開始，由那次之後赤霞在他面前變得更難掌握了。

赤霞突然鬆開手，灰衣人立即像個失去操縱者的木偶般跌在地上。

「別在我面前囉唆妖王什麼的了。」

灰衣人原本想為自己撿回一條小命而慶幸，但一想到任由赤霞繼續下去會演變成不可收拾的狀況，相比赤霞正在進行的計畫可以帶來的利益，現在會帶來的可能不是利益，而是為妖道一眾帶來滅頂之災。

「不！赤霞大人，請不要再把事件鬧大了，我們預定要收集的東西不是已經齊備了嗎？事情再擴大，妖王大人的立場會變得很為難的！」

灰衣人豁出去的撲上去，用他剩下的單手抱住赤霞的腳，但不用一秒就被人一腳踢開，頭撞到一邊的家具上，頭破血流。

房間內兩個人就以這樣的狀況交換著視線，灰衣人讀不出赤霞輕輕皺著眉的表情代表什麼，他覺得什麼都無所謂了。正因為他自暴自棄的態度，赤霞才會從不正眼瞧他一下吧？

赤霞到底是從什麼時候開始用蔑視的目光看著自己？

灰衣人現在腦袋只剩一片空白，連赤霞離開了閣樓都沒有理會，他仍舊像塊破布般坐在地上，一邊的衣袖空洞洞的垂在地上，他的斗篷因為剛才的撞擊而掀開，一張蒼白的面上無神的雙目看著窗外天空中那騰龍之影，視線慢慢變得模糊，額角流下帶著藍色的鮮血，滑過他臉上的蛇鱗。

※　※　※

「喂！敖六！這是什麼情況？」

「你是視力有問題？這麼明顯的事不用本殿下說明也應該能夠理解吧？」

「老子品性好，不想和你吵。」雷震子像個在鬥氣的孩子般別開臉，雙手抱胸的走在後面生著悶氣。

敖瀟完全沒打算理會他，仰望天空時嘴角揚起一道笑意，讓他擔心了好一陣子的事總算等到可以安心的時候了。

「是本殿下今天心情好才不和你計較，別會錯意。」

「那現在是怎麼了？」

「快下雨了。」

天空響起數道雷鳴，那一片滿布魚鱗雲的天空飛快的被烏雲覆蓋，雷鳴閃電也開始在雲層中出現，原本天亮後清晨的街道剛開始要熱鬧了，但轉眼之間的變天讓天色變得昏暗，已經外出準備幹活的人們都紛紛忙著找尋避雨的地方。

雖然早已經用了隱身法術才走出來，但是看著街上的人們無視自己四處走避，雷震子還是有一種奇怪的違和感。

才剛剛有這念頭冒出來，雷震子不期然的打了個冷顫，他想起了自己被玉皇趕下凡來之前，他的好友揪住他的衣領，非常鄭重、只差沒有用痛楚來讓他記進心坎裡去。

哪吒嚴厲的警告他絕對不可以在凡間做出過分引人注目的事，雖然這個忠告每次他見到哪吒時都會被提起，但今次哪吒交代得太認真，讓雷震子覺得要是不聽話絕對會下場慘淡。

哪吒身上有太多一等一的寶貝，萬一哪吒用那九龍神火罩對付他就糟了。

為什麼他最近總是諸事不順呢？是因為過年的時候沒有逐一去拜候那些仙界巨頭，所以今年要跑衰運嗎？不然怎會流年不利到和芙蓉合作賣人參差點血本無歸，出任務就弄丟借來的寶貝，讓芙蓉幫個忙找就牽扯到大麻煩，一下凡就遇到債主……這麼背的運氣連續發生在自己身上絕對不是偶然啊！

垂著頭長長的嘆了口氣，看到自己身上的打扮，他心情又沮喪了幾分，現在他的一身衣裝比平時的裝扮樸素多了，不能把喜歡的裝飾都帶在身上令雷震子渾身不自在，唯一慶幸的是下凡放箭的那一幕，他閃閃生光的登場了。

看看他現在樸素得連自己都快要認不出自己了，頭髮上的裝飾只有兩、三個，身上的武服也被迫換了最素的出來，連飾物的數量都被限制。原因不只是哪吒的命令，更多是因為現在同行的敖瀟警告他，要是不換掉，就要把他丟失避水珠的賠償金翻十倍！

敖瀟覺得和日常打扮的雷震子走在一起太丟臉了，忍受不了身邊有個過分花俏的人存在，而他知道雷震子這傢伙窮得不可能不聽他的。

現實的確是殘酷的，空蕩蕩的荷包讓雷震子乖乖的認命，忍著痛改穿一身簡樸點的衣服出來，雖然換來的仍是敖瀟的一記白眼。

但再要他素下去，他會覺得人生沒有意義……

士可殺不可辱，妥協也是有底線的！

如果可以的話，他真希望自己沒有多嘴告訴敖瀟，他寧願自己一個人把工作完成也不想把敖瀟招惹出來同行。

他現在背上有個箭筒，裡面裝著一些散發著微微金光的箭矢，把箭矢安置在固定位置就是本次任務的內容。

「沒吃飯嗎?走得這麼慢！」

走在前頭的敖瀟猛地停下腳步轉過身，他佔據身高差的優勢，冷藍色的雙眸輕蔑的從上而下盯著雷震子。他們兩人之間的距離大概差了十步，如果兩人要說話，不張開喉嚨喊話，恐怕對方會聽不到。

「老子不就正在走了嗎？」雷震子癟著嘴、別開視線，他現在心情鬱悶到極點了，本來他是打算和芙蓉一起出來的，誰知道說漏了嘴被敖瀟知道，二話不說就把他抓出來，連那女鬼之後怎處理都沒聽到。

「那本殿下還真是見識到了，天宮出名勇往直前的天將走路是這樣垂頭喪氣的嗎？生意失敗？」

雷震子天生不會看場合說話，口條與臨場應變方面也是無能為力的那種，面對敖瀟這種說話句句有刺，又是他現任債主，他的舌頭更是直接罷工了。

他走得慢就是不想和敖瀟並肩而行，走在一起不就等於要分分秒秒被敖瀟無間斷的嘲諷？

「老子好歹也是受玉皇和東王公之名下來辦事，你不能客氣點些嗎？」

「對欠債的有什麼好客氣？」

「嗚……」雷震子超級後悔，早知道他就自告奮勇接手哪吒原本的工作、讓哪吒下來的，看看他除了出場的那幾秒鐘威風過一陣子之外，之後都一直被敖瀟打壓著，偏偏他把人家的東西弄丟了，反嗆回來也無法理直氣壯。

「這種工作你別找芙蓉一起做。」

「為什麼啦！難得見面老子也想和芙蓉小妹聚聚，你還真的以她兄長的身分自居呀？」

「本殿下是無法對你放心，既不穩重又不可靠，要是赤霞趁著你和芙蓉出來時下手，芙蓉不就被他擄走了嗎？」

「真到那時候老子就會很可靠了。」

敖瀟斜眼看了雷震子一下後撇了撇嘴角，擺明完全不相信。

「還是快把事情辦好回去吧！」

「知道了。」

雷震子沒精打采的走快幾步，在指定的正西方位插下一枝泛金羽箭。

「竟然要玉皇和東王公先行一步吩咐布下這些，那個赤霞到底是什麼人呀？」雷震子背上的箭筒只剩兩枝羽箭，還有兩個地方要去。

這些泛著金光的羽箭對一般的妖道可能沒有太大的傷害，最多就是被上面附著的仙氣和特定的靈氣灼傷，但東王公在把東西交到雷震子手上時說過了，這是用來對付正潛伏在曲漩的妖道首領。

雷震子也不知道這些羽箭有什麼用，只是東王公很鄭重的吩咐這些都必須辦好。

「一個棘手的妖道。」難得的，敖瀟心平氣和的說。

「連你都說棘手，那恐怕是真的很棘手了。」

「本殿下就把這話當成是讚美笑納了。」嘴上這樣說，但敖瀟的語氣卻沒有多少笑意，只是表面上的客套話而已。

「敖六，你在水晶宮有沒有聽到什麼消息？」雷震子走在敖瀟身後半步的位置，手上正拿著一枝羽箭在把玩。

敖瀟到現在還沒能猜得出赤霞的能力到底是怎麼一回事，但那個能力卻在雷震子出場時的那一箭下失去了效用，一直表現得目空一切的赤霞在那箭矢面前居然落荒而逃了。

箭上有東王公下的法術，或許這就是赤霞撤退的原因。

敖瀟試過把箭拿在手上，上面的確有東王公下的獨特法術，敖瀟本身對法術的鑽研未算太深，實在看不出來這是什麼法術。不過東王公對法術的研究是仙界數一數二的，說不定單純就法術的造詣，除了天尊之外，沒有人比得上東王公。

只是東王公甚少出面，過去多次的紛爭他也沒有出頭，即使有插手也只是暗地裡動用了一些法術而已。沒有人見過東王公的武器，也沒有人見過他換下那身九色雲袍的裝束。

連玉皇也會有為了場合而換過武裝，就只有東王公始終如一，真的是個無法探究的人物。

敖瀟和東王公之間沒有太深的接觸，水晶宮裡的各個仙人雖然也會因為男女之別而被記錄在東華臺紫府或是崑崙的仙籍上，但水晶宮直接報告的對象是玉皇，加上東王公不喜歡到天宮、又愛安靜，敖瀟除了大時節會到東華臺去拜訪之外，也沒有其他與東王公交流的機會。

東王公很神秘，但卻是可信的，是玉皇身邊很重要的左右手。敖瀟從今早由龜丞相轉告的消息中得知，玉皇破了例把事件的指揮權交由東王公負責，和過去多次與妖道發生爭端時派天宮的元帥不一樣，這次派了非實戰派的東王公出來，到底是為什麼？是事態十分嚴重了？還是不會發展到開戰，才派東王公來指揮？

敖瀟弄不清這一點，東王公這位新任的指揮者只是要水晶宮把敖瀟的報告呈上去，目前唯一吩咐下來的就是他們正在做的事。

把這幾枝羽箭以珍寶閣為中心布置出去，到底有什麼用？

《芙蓉仙傳之元氣女仙我最嬌！》完

番外

那個凡間男人的單戀呀……

京城的天空飄起了鵝毛般的細雪，初春裡這樣的天氣還不算反常，畢竟以京城偏北方的地理位置，春天的步伐要來得比南方慢些。

為了保持室內的溫度，除了置放炭火之外，把門窗關緊些絕對是上策，只是這樣一來就看不到窗外庭園的景致了。推開宮殿的雕花窗架往外看，庭園中的樹正慢慢的被細雪鋪上一層薄薄的銀白，而這片銀色的美景能維持的時間不長，大概到中午左右太陽完全升起後將會統統融化，如曇花一現般逝去無痕。

冷風穿過打開的窗子吹進宮殿內，把垂掛在室內的錦帳都吹起。在雪花吹進室內前，李崇禮正想伸手關上窗子，但一隻旁人看不見的手先一步一掌拍在窗架上，把冷風關在室外。

「趁我走開一會兒你就大膽的吹冷風了?芙蓉出發前提供了我很多天下最難喝的湯藥方子，難道你還想試試看?」塗山無聲的出現在李崇禮身邊一臉嚴肅的說。

不過他的話有部分需要修改，芙蓉提供補藥藥方時並沒說過那是天下間最難喝的，這只是塗山的個人感想。

「只是看看庭園罷了。」李崇禮小聲的回答。

同一時間，被聲響驚動過來的宮女、太監已經趕到。

「王爺！發……發生什麼事了？」

「沒事。風大罷了。」李崇禮淡淡一笑，把塗山剛才的粗魯舉動歸咎在大風的原因輕輕帶過。

「就說今天這樣的天氣不要出門的。」

隱身的塗山坐在窗邊，身上穿的仍是符合他一貫風格的服裝。身為千年狐仙的他明明就不怕冷，但卻硬要給自己圍上毛毛圍巾，連袖口都縫上了滾毛邊，李崇禮反而覺得自己穿的還沒塗山那麼厚重。

現在李崇禮出入王府都有塗山貼身跟著，倒不是因為芙蓉請求塗山做些什麼，而是他本身也放不下心才跟著的。皇帝的心思太難猜，塗山得跟著李崇禮以防其他人有什麼壞心思，畢竟現在野心勃勃的二皇子和四皇子仍活生生的，誰知道他們會不會想歪，來個一不做、二不休，把李崇禮先做掉了？

最好李崇禮足不出戶，塗山也省得操心。

只可惜這只是塗山的一廂情願，李崇禮仍會定時進宮上朝和探望他的母妃，為此塗山也不好說什麼。

看了那些宮女、太監一眼，李崇禮沒說話，只是示意他們全部退下，待人走了他才開口。

「多走動身體才健康不也是你說的？」

李崇禮想想時辰，再和母妃說說話也差不多該回去了。

他轉過身朝內殿走去，正好賢妃也因為剛才的動靜走了過來，兩母子就母慈子孝的一起落坐，宮女立即又送來茶水。

賢妃和李崇禮之間的閒話家常也甚少提及後宮和朝廷的是非，要是沒有特別要說的話，兩母子就靜靜的待在一起喝喝茶看看花。

只是半年過去，作為母親實在不得不關心兒子的終身大事，但賢妃卻一直不知道該怎樣開口。

「你的母妃一臉欲言又止，要不要打賭她是想問你繼妃的事？」跟在旁邊的塗山仗著沒人看得見他便八卦起來，有時候他覺得李崇禮聽得到又要裝作聽不到的表情滿有趣的。

李崇禮不著痕跡的瞪了塗山一眼。

宮中的亂事平伏沒多久，又剛過了年，他就知道這個問題早晚會被問到。他之前只娶一位王妃，在皇族中已是少之又少的事，現在王妃已歿，即使太子之位和李崇禮本人無緣，朝中仍有不少為人父母的大臣看中他這位回復單身的皇子作金龜婿。

在他們眼中，李崇禮當不成皇帝不要緊，沒野心更好，這樣呼聲最高的太子人選二皇子殿下才

不會過分的打壓他，如果能把女兒嫁到寧王府，即使沒有實權但總算是攀上金枝，娘家也沾光成為皇親國戚了。

但是誰又有膽子在先王妃身故不到一年間主動提這件事？這不是擺明著跟孫將軍過不去嗎？為了這事得罪孫大將軍實在不智。

「母妃，兒臣沒有那個打算。」

賢妃早猜到李崇禮會這樣回答，身為母親她總是希望兒子身邊有人照顧，孤家寡人的即使有婢女、奴僕也始終不夠體貼。但如果自己硬是要求，李崇禮只會為難，她不想強迫兒子。

「母妃請原諒兒臣不孝。」

※　※　※

「不孝有三、無後為大，這一句倒是沒有說錯呢！」

見李崇禮兩母子要說悄悄話，塗山識趣的迴避出去。一離開李崇禮能聽得見的距離，他這個看著李崇禮長大的隱藏版父執輩不由得大大嘆了口氣。

塗山千年以來一直在暗處看望白楊的後人，這些年輾轉看著一大堆的小孩長大成人，各有不同的人生，閱人無數的他敢斷言李崇禮是不會再娶的了，即使娶了，那位新妃恐怕也只是放在王府中的一個花瓶裝飾。

李崇禮雖然個性淡薄，但其實很死心眼，不會輕易改變自己決定了的事。過去他不喜歡孫明尚，即使她是京城三大美人之一他還是不理睬、不買帳，現在他心裡進駐了一個更高難度的對象……

塗山有預感，自己守護白楊後人的約定到李崇禮這代就會結束了。

塗山不相信李崇禮會在心裡裝著芙蓉的同時娶別的姑娘回王府。這一場仙凡之間的單戀看在塗山眼中，無疾而終的可能性極大。

「唉……難怪古人總是愛唸著多情自古空餘恨了。」

塗山不由得嘆氣，別人說仙人都是感情遲鈍的生物他本來也不信，畢竟不時會聽到誰又犯了動凡心的天規而被罰到凡間幹活，這至少說明仙人之間仍是會談談情的，只是他們談情和凡人的形式與程度不同吧？

只是塗山可以肯定芙蓉是仙人中最遲鈍的那一類，明眼人一看就能知道李崇禮對她並不一般，連歐陽子穆那古板青年也看了出來，天底下只有芙蓉這個當事人沒有感覺而已。

這麼遲鈍的女仙，塗山也是第一次見，偏偏就是這樣的一個鈍丫頭卻是仙界寵兒，別說玉皇顧著她，連那個平時不理世事的東王公竟然親自下凡來幫她一把。那次東王公和東嶽帝君雖然表現出一副一切是理所當然的舉手之勞的態度，但回心一想，他們是會隨便露面下凡的仙人嗎？

連很多仙界的仙人也無緣親眼見上他們一面吧？

李崇禮的對手是東王公，這根本就是惡鬥……不，根本不用鬥了。

塗山本想在地上找顆石子踢踢出氣，可是低頭一看，地上連一片落葉也沒有，只可以踢雪花讓他十分掃興。

「嘖，也掃得太乾淨了吧！」

他無趣的站在簷廊下看著漫天細雪，這樣的角度和景致他從賢妃住進這宮殿後看過很多次，現在只是離開半年左右回來，竟然生出一陣懷念的感覺。

塗山伸出手，冰凍的雪花落在他手上隨即化成水點，當他詩興發作想要讚頌眼前的這片風景時，一片不會融化、如雪般的羽毛緩緩降在他的掌心。反射性抬頭往天空一看，除了灰濛濛的天空和雪花之外，並沒鳥兒飛過，也沒聽到鳥叫。

這一片空茫的情況在這種季節實屬正常，而且仔細感應一下就會發現那片雪花般的羽毛是來自仙界的仙鳥。

「不是我剛想什麼就來什麼吧？」

塗山有些錯愕，他對仙界的仙鳥等級不是太清楚，但是想來想去，會用這方法找人的仙人屈指可數。

一會兒後，在漫天雪花中一隻只比手掌大些，身體圓滾滾的雪色鳥兒奮力拍動著翅膀飛來，當牠停在塗山掌心時，很可愛的側著頭發出像銀鈴般清脆的叫聲。這體態圓滾的仙鳥看起來笨笨呆呆的樣子，連塗山看了都不由得覺得可愛，他深信把這隻仙鳥扔進姑娘堆中，一定可以引發連連興奮的尖叫。

「現在凡間的治安有這麼好嗎？派出這麼人畜無害的仙鳥，不怕被人攔途截劫？」摸了摸鳥兒的頭當作獎勵，塗山左看右看都沒有在仙鳥短短的腳上看到綁有任何的信件。

難道他會錯意了？這只是一隻路過的仙鳥？

正當塗山這樣想的時候，那隻圓圓的仙鳥啄了啄身上的羽毛，在厚厚的羽毛下叼出一枚像戒指般大小的金圈，只見牠將東西放到塗山手上後再啄了那金圈一下，清脆的聲音過後，一個用錦布包著的包裹從小小的金圈中跳了出來，塗山差點來不及反應接住。

仙鳥像銀鈴般的叫聲響起，像是在取笑塗山的不知所措。

「哪能猜到你們仙界連這樣的儲物寶貝也隨便放在仙鳥身上?難道就不怕壞人放冷箭一箭幾鵰的嗎？」

塗山沒好氣的瞟了仙鳥一眼，他當然知道這小東西聽得明白他說什麼，別看牠小小隻的像人畜無害，說不定這送信的小仙鳥其實是擁有化形本事的老鳥，不能小看。

仙鳥不滿的啄了塗山的手幾下以作抗議，待把金圈藏好後，仙鳥又乘著細雪飛走，轉眼已經看不見了。

「見鬼了。東王公的傳訊仙鳥竟然是這麼可愛的類型！」塗山抱著包裹，感嘆之餘臉色卻非常怪異，似乎無法想像東王公和這仙鳥之間的互動形式。

好不容易拋開了離奇的想像，回過神打量手上的東西，塗山想不出任何東王公要送東西給他們的理由，而且送的時間點也很不對勁。如果東王公要送東西，之前大半年他大可以天天送、月月送，不用在芙蓉出門後才把東西送來。

這情況讓塗山不得不朝壞的方向想——

那丫頭一定是在所謂很簡單又很好賺的尋物任務中嚴重觸礁了！

李崇禮剛從宮殿出來就看到塗山站在廊下抱著一包東西喃喃自語，那有些蠢的表情連他看了都忍不住想笑，但他心情不禁轉憂，到底是什麼事讓塗山露出這樣的表情？

「塗山？怎麼了？」

「不知道是好事還是壞事。東王公送東西來了。」

塗山剛好拆開那個包裹，裡面有一個盒子和書信，信封用紙極為雅致，最驚訝的是東王公那一手像是書法大師般的字跡。塗山和李崇禮二人對這些都有研究，單從對方的字已經能看出對方一部分的性情、修養等等。但和東王公的為人一樣，他的字讓你好像察覺到了什麼，但回心一想卻又說不出來。

李崇禮看著那紙寫著自己名字的信封不發一言，他當然不會忘記那位在大半年前才見過面，和自己像是照鏡般的仙界一方之主。

對方主動來信相信絕不可能是季節性問候，他和塗山一樣對於這封信偏偏在芙蓉出門後才寄到一事覺得事有蹊蹺。出於擔心，李崇禮沒理會自己現在仍身處宮中，直接伸手從塗山手上接過寫給

自己的信和盒子。

因為沒想過東王公會對自己下手，當他碰到信封時產生的異狀嚇了他一跳。

塗山的驚叫轉眼間消失在耳邊，李崇禮的四周變得一片空白，只有一點點珍珠色的小光珠四處飄浮著。

「抱歉，似乎嚇到你了？」

憑空出現一道聲音，李崇禮轉過身看向聲音傳來的方向，那是從他手上的盒子中飛出的一面鏡子，上面正映出那位有著一頭雪色長髮的仙人。

真的好像照鏡子一樣。李崇禮心裡不由得浮起這樣的想法，但總算能解釋四周突然變了樣的原因，看來是東王公要說的話連塗山也不方便聽了。

雙方都很客氣的打了招呼後，東王公很自然的切入了正題，向李崇禮說明了現在的情況，聽得李崇禮眉頭越皺越緊，他的表情讓一直在細心觀察著的東王公不由得有些無奈的笑了笑。

把那丫頭放在心上擔心的人可越來越多了。

這種情況東王公也不知該欣慰還是擔心，不過說到底，芙蓉能有這麼多人愛顧，他也是感到高興的。

李崇禮提出不少疑問，東王公也在可以回答的範圍內向他清楚的解釋。知道芙蓉身處妖道爭端的最前線，李崇禮說不擔心自然是假的，只是即使他動身趕過去也沒用，他不希望自己變成芙蓉身邊的一個弱點。

他明白大局如何，也清楚自己能做什麼、該做什麼。東王公不會特地找他就只是訴說現狀，即使他想，也不必親身說明，只要派人傳訊就可以了，更不用連塗山也隔離開去，所以東王公一定還有什麼重要的事要說、或是要他去做。

李崇禮看向在鏡中的東王公，兩個人對看了一下，同時勾起了一道微笑。

「東王公特地現身應該不只是說明。是不是有什麼需要我們配合？」

李崇禮知道答案一定是肯定的，這也是他們在大半年前的協定。雖然李崇禮覺得東王公只是客氣才這樣說，讓他照看芙蓉在凡間遇到的麻煩，這樣的事能有多少？芙蓉本身是個女仙，真有什麼麻煩她自己就有辦法處理好了。

「記得我們的約定吧？」

「是的。」

「你一定覺得這個約定自己並沒有什麼可為，是不是？」東王公見李崇禮不說話，他接著說下去：「你能成為芙蓉在凡間的朋友、或是在意的人，在她遇上困難、沮喪時，陪她聊天或開解她，這樣已經很足夠了。」

李崇禮不自覺的輕輕皺了皺眉，正好東王公等著他回話，他猶豫了一下，最後還是把心裡悶著的事問了。

「為什麼東王公願意讓別人擔當這樣的角色？」

東王公似乎早就想到李崇禮會問自己這個問題，神態連半分也沒有改變，反而很欣賞的勾了一下嘴角。

或許他就是想李崇禮問他這個問題。

「仙人的時間很漫長，我希望芙蓉在度過這漫長的日子時會有很多不同的回憶伴隨，這些回憶都是她學習和經歷所累積起來的寶物。」

說罷，兩個相似的人沉默起來。

李崇禮在琢磨著東王公話中的所有含意，想了很多、猜了很多，但最後只是搖了搖頭，覺得自己實在沒必要想太多，自己不是已經早就有所打算了嗎？

「那個約定請東王公不用擔心。」

「這樣就好。」東王公淡淡一笑，沒有再提一句有關約定的事，話題又回到現在曲漩的情況上。「塗山或許會暫時離開你的身邊，那裡有他的因緣。」

「是……」李崇禮想要問是不是他心裡想著的那件事，但對上東王公那一切是天機般的高深表情，他也只是笑了笑，把問題收起了。

「塗山是自由的，他想到哪裡去我都不會阻止。」

雖然李崇禮已經習慣有塗山、芙蓉在自己身邊的日子，沒想到短短大半年已經讓他習慣什麼時間身邊都有著他們，一下子他們都離開了，李崇禮的確有些不習慣和失落，但他做不到開口強留任何一人在身邊。或許有一天他們離開時他也會目送，但過後他不會留在原地等待，而是會邁出腳步追上去。

「姬英在宮廷牽起的風波雖然告一段落，不過這陣子塗山也幫著化解不少你皇兄的各種手段，他暫時離開沒問題嗎？」

對於凡間宮廷中的事，即使東王公沒有一直關注也沒問題，在天宮他勾勾手招來一位天官問問就能知道得一清二楚了。

「皇家中的紛爭是沒完沒了的，即使二皇兄爭到了太子之位，來日他登上九五之尊，還是會對所有可能影響到他地位的人採取任何可行的打壓，不會有完結消停的一天。」

東王公有些意外的看著李崇禮笑而不語，似乎是對他的想法頗為讚賞。

「我也不想芙蓉太擔心，塗山離開的這段期間你放心吧！」

「這樣我又沾了芙蓉的光了。」李崇禮回答得有點無奈，縱有仙凡之別，但作為一個男人，總不希望自己老是依靠一個姑娘家來得到好處的。

「既然是有緣人，也沒有誰沾誰的光這回事。」東王公不是沒讀出李崇禮的想法，只是這方面多說無益，也不是他特地和李崇禮面談的重點。

「這面鏡子可以聯絡到芙蓉，塗山會知道用法的。今天晚上你們就和芙蓉談談吧！」

東王公說完，也不待李崇禮再追問半句，四周瞬間變回了原來的宮殿渡廊，而塗山一臉嚴肅的站在面前。

「這東西早知道回王府再給你了，突然不見了人差點把我嚇死。」塗山後怕的說，也不知道是不是東王公聽到他取笑了那隻仙鳥的造型所以報復他。幸好時間不長，不然李崇禮憑空在皇宮神隱又會掀起軒然大波了。

李崇禮眼尖看到在東王公的法術解開之際，塗山正好把一紙信封收到襟口，想必那裡面寫的應該就是東王公提及的因緣吧？

※　　※　　※

時間已經超過了李崇禮預定回府的時辰，從出了後宮範圍，李崇禮的轎子湊巧遇上了才剛離開前朝的二皇子李崇溫。

是不是真的湊巧遇上，恐怕只有李崇溫本人才知道了。

兩頂轎子碰巧遇上，兩兄弟少不免要客套一下，只是話題聽起來不是令人太愉快安心的內容。出了後宮範圍即會隨侍在側的歐陽子穆卻越聽臉色越沉。李崇溫這位皇子從來不是個好人，現在他呼聲最高，小動作也越來越多了。歐陽子穆不是不了解自己主子兼好友的想法，只是他實在有點看不下去李崇溫不時來生事下絆子的手法，李崇溫要防，不如多防備四皇子和六皇子吧？

「李崇禮，要我整他嗎？」

肆無忌憚的塗山哈哈笑了聲，李崇禮自然不會回話，不過塗山打定主意回頭跑去李崇溫的王府惡作劇一下。

「笨蛋。」

「誰！」塗山聽到這聲回應嚇了一大跳，連忙戒備著四周。但那一聲回應就像是幻覺一樣只出現了那麼一下，塗山沒有感到附近有任何的仙妖，連那些小妖也沒有在附近徘徊，不應該還有人聽得到他說話、甚至回敬他笨蛋兩個字。

竟然敢叫他笨蛋！

塗山打定主意要讓對方知道他的厲害！

※　　※　　※

如以往一樣，李崇禮和李崇溫之間的舌戰在不算愉快的氣氛下結束。李崇禮對此沒有多上心，反正無論他做什麼，李崇溫也會視之為威脅般應對。

回到寧王府，塗山飛快的不見了人影。李崇禮則交代了一句累了不見客後，打算回正苑休息，正要穿過渡廊回去時，他看到歐陽子穆有些發呆的看向天空。他這個老朋友會有這樣的表情實在難得。

「子穆怎麼了？難道是在操心出門的潼兒嗎？」李崇禮邊回身遣退了附近的下人，邊走到歐陽子穆的身旁。當他抬頭跟著歐陽子穆的視線看去時，自己也不禁頓了頓。

那是什麼？

即使這大半年來已經習慣不時看到怪東西的李崇禮，也不禁覺得正飛在空中的物體太突兀，偏偏歐陽子穆的視線卻是追著那東西的。

「子穆……你看到什麼？」

在天空顫顫巍巍飛向正苑方向的是一尾白、紅、黑三色的胖錦鯉，在魚脖子的位置掛著一小包東西，表示這尾魚是信差身分。李崇禮強忍著笑意維持著平靜的表情，他盡力了，但恐怕相識甚久的歐陽子穆仍會看出端倪。

「王爺，大概是子穆眼睛不好用了，好像看到天空有一尾錦鯉在游。」

李崇禮在心底嘆了口氣，雖然歐陽子穆看似在說自己眼花，但聽深一點他是在暗示自己早已經發現正苑的秘密，除了這條錦鯉，他跟前當紅的兩個丫頭是仙人，還有正苑住了一隻狐仙的事……歐陽子穆已經察覺了吧？

「子穆……」李崇禮心想這時應該坦白了。

那尾飛行中的笨魚發現李崇禮之後竟然還會認人，主動的飛了過來。一臂長的肥美錦鯉停在李崇禮的面前，那雙死魚眼還有那個一開一合的魚嘴像是在催促著他快把東西解下來，他很難裝作看不到。

看到李崇禮的難為，歐陽子穆輕嘆了一聲，主動伸手碰了碰錦鯉的下巴，死魚眼看了他一眼後又看看李崇禮，最後伸出魚脖子讓歐陽子穆把東西拿下來。

看著錦鯉遠去，歐陽子穆在李崇禮的授意下打開了小包袱，接著有些愕然的看著裡面的東西。裡面是兩封信箋，還有一些土產，最明顯的是一個貼上寫有「珍珠末」三字紅條的玉瓶，以及一塊玉珮，還有一堆零碎的東西。

「太不謹慎了，才出發沒幾天就有土產送回來，還真的是神仙才能做得到的呢！您說對嗎？王爺。」

「下次子穆何不提醒一下他們？」李崇禮拿過署名給他的信箋快速的看了一遍，視線落在那塊玉牌上，嘴角不由得向上勾起，抬頭看向板著臉的歐陽子穆。待友人眼中多了幾分疑問後，李崇禮終於忍不住輕笑著把包袱中的那塊玉珮放到歐陽子穆手上。

「這次我不用煩惱該用什麼藉口把這禮物轉交到你手上了。」

看著歐陽子穆雖然板著臉，但卻動作很快的把東西收起，李崇禮不禁發自內心的笑了。他這個老朋友也是難得了，他們瞞了他這麼久，他都耐心的等著，說不定在他們沒有留意的地方，歐陽子穆還幫忙做了不少掩飾工作。

「王爺也好好收起芙蓉姑娘的禮物吧！不過說句真話，她選禮物的眼光……和她的廚藝一模一樣。」

李崇禮和歐陽子穆交換了一個眼神，再一起看向包袱中的其他東西，兩人不約而同笑了起來。

過了大半年，李崇禮終於不用再為瞞著歐陽子穆而感到愧疚，終於可以和朋友一起開懷的笑，收到的禮物是什麼都不要緊，那尾胖錦鯉的到來已經是最好的禮物了。

番外《那個凡間男人的單戀呀……》完

皇宮這檔事!!
novel
太微天
illust
jond-D
誰說朝廷就要陰謀詭計？ 誰說後宮就要勾心鬥角？
家事、國事、天下事，都是朕的事！
皇上的事，就都是臣妾該關心的事（冷笑）
PTT俱樂部的皇帝 + 低調但腹黑的皇后
史上最囧皇室秘辛登場！
4月2日絕對讓你捧腹大笑！
典藏閣
華文聯合出版平台
www.book4u.com.tw
采舍國際
www.silkbook.com
不思議工作室
立即搜尋
版權所有© Copyright 2014

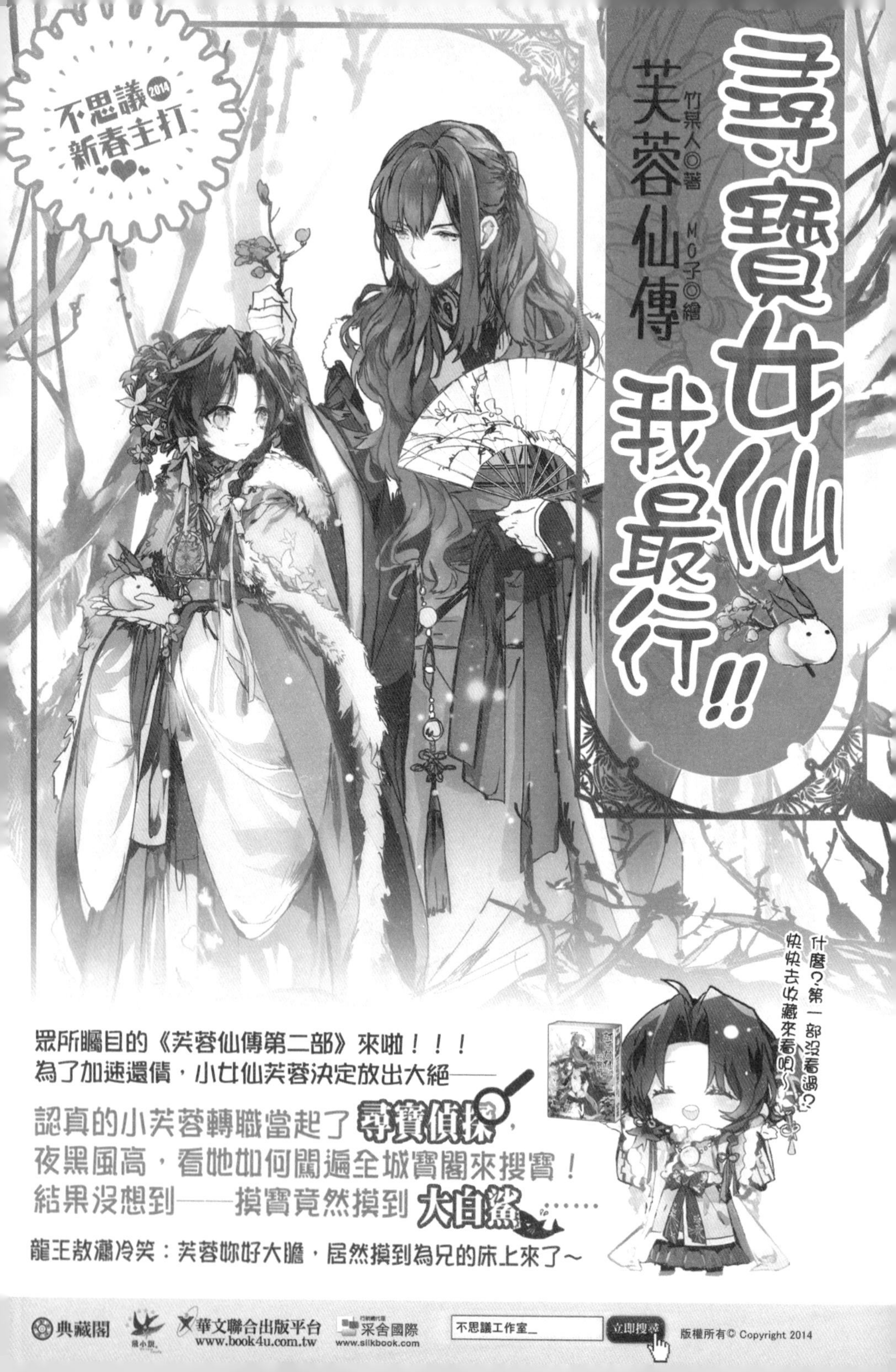
不思議 2014
新春主打
尋寶女仙我最行!!
芙蓉仙傳
竹某人◎著
MO子◎繪
什麼?第一部沒看過?!
快快去收藏來看唄~
眾所矚目的《芙蓉仙傳第二部》來啦!!!
為了加速還債,小女仙芙蓉決定放出大絕——
認真的小芙蓉轉職當起了尋寶偵探,
夜黑風高,看她如何闖遍全城寶閣來搜寶!
結果沒想到——摸寶竟然摸到大白鯊……
龍王敖瀟冷笑:芙蓉妳好大膽,居然摸到為兄的床上來了~
典藏閣
華文聯合出版平台
www.book4u.com.tw
采舍國際
www.silkbook.com
不思議工作室_
立即搜尋
版權所有© Copyright 2014

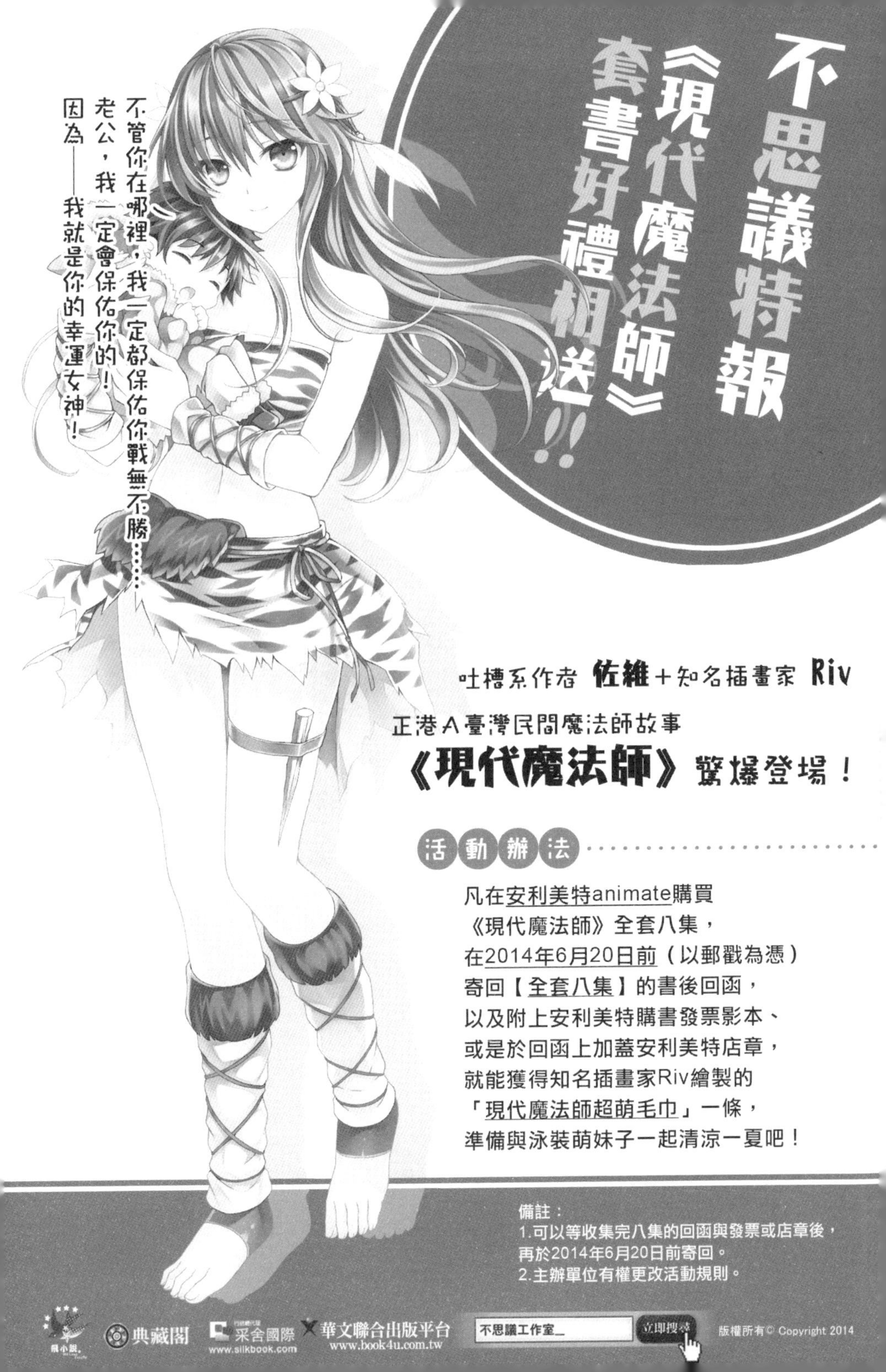
不思議特報
《現代魔法師》
套書好禮相送!!
不管你在哪裡，我一定都保佑你戰無不勝……
老公，我一定會保佑你的！
因為——我就是你的幸運女神！
吐槽系作者 佐維＋知名插畫家 Riv
正港A臺灣民間魔法師故事
《現代魔法師》驚爆登場！
活動辦法
凡在安利美特animate購買
《現代魔法師》全套八集，
在2014年6月20日前（以郵戳為憑）
寄回【全套八集】的書後回函，
以及附上安利美特購書發票影本、
或是於回函上加蓋安利美特店章，
就能獲得知名插畫家Riv繪製的
「現代魔法師超萌毛巾」一條，
準備與泳裝萌妹子一起清涼一夏吧！
備註：
1.可以等收集完八集的回函與發票或店章後，
再於2014年6月20日前寄回。
2.主辦單位有權更改活動規則。
飛小說
典藏閣
采舍國際
www.silkbook.com
華文聯合出版平台
www.book4u.com.tw
不思議工作室_
立即搜尋
版權所有© Copyright 2014

飛小說系列095

芙蓉仙傳之元氣女仙我最嬌！

出版者■典藏閣
作　者■竹某人　繪　者■Mo子
總編輯■歐綾纖
製作團隊■不思議工作室
郵撥帳號■50017206 采舍國際有限公司（郵撥購買，請另付一成郵資）
台灣出版中心■新北市中和區中山路2段366巷10號10樓
電　話■(02)2248-7896　傳　真■(02)2248-7758
物流中心■新北市中和區中山路2段366巷10號3樓
電　話■(02)8245-8786　傳　真■(02)8245-8718
ISBN■978-986-271-484-3
出版日期■2014年4月

全球華文國際市場總代理／采舍國際
地　址■新北市中和區中山路2段366巷10號3樓
電　話■(02)8245-8786　傳　真■(02)8245-8718

新絲路網路書店
地　址■新北市中和區中山路2段366巷10號10樓
網　址■www.silkbook.com
電　話■(02)8245-9896
傳　真■(02)8245-8819

線上總代理：全球華文聯合出版平台
主題討論區：http://www.silkbook.com/bookclub　◎新絲路讀書會
紙本書平台：http://www.silkbook.com　◎新絲路網路書店
瀏覽電子書：http://www.book4u.com.tw　◎華文電子書中心
電子書下載：http://www.book4u.com.tw　◎電子書中心（Acrobat Reader）

☞您在什麼地方購買本書？☜

1. 便利商店（＿＿＿＿市／縣）：□7-11　□全家　□萊爾富　□其他＿＿＿＿＿＿

2. 網路書店：□新絲路　□博客來　□金石堂　□其他＿＿＿＿＿＿

3. 書店（＿＿＿＿市／縣）：□金石堂　□誠品　□安利美特animate　□其他＿＿＿＿

姓名：＿＿＿＿＿地址：＿＿＿＿＿＿＿＿＿＿＿＿＿＿＿＿＿＿

聯絡電話：＿＿＿＿＿＿＿　電子郵箱：＿＿＿＿＿＿＿＿＿＿＿＿

您的性別：□男　□女　　您的生日：西元＿＿＿＿年＿＿＿＿月＿＿＿＿日

（請務必填妥基本資料，以利贈品寄送）

您的職業：□上班族　□學生　□服務業　□軍警公教　□資訊業　□娛樂相關產業
□自由業　□其他＿＿＿＿＿＿

您的學歷：□高中（含高中以下）　□專科、大學　□研究所以上

☞購買前☜

您從何處得知本書：□逛書店　□網路廣告（網站：＿＿＿＿＿＿）　□親友介紹
（可複選）　□出版書訊　□銷售人員推薦　□其他＿＿＿＿＿＿＿＿＿

本書吸引您的原因：□書名很好　□封面精美　□書腰文字　□封底文字　□欣賞作家
（可複選）　□喜歡畫家　□價格合理　□題材有趣　□廣告印象深刻
□其他＿＿＿＿＿＿＿＿＿

☞購買後☜

您滿意的部份：□書名　□封面　□故事內容　□版面編排　□價格　□贈品
（可複選）　□其他

不滿意的部份：□書名　□封面　□故事內容　□版面編排　□價格　□贈品
（可複選）　□其他

您對本書以及典藏閣的建議＿＿＿＿＿＿＿＿＿＿＿＿＿＿＿＿＿＿＿＿＿＿

＿＿＿＿＿＿＿＿＿＿＿＿＿＿＿＿＿＿＿＿＿＿＿＿＿＿＿＿＿＿

＿＿＿＿＿＿＿＿＿＿＿＿＿＿＿＿＿＿＿＿＿＿＿＿＿＿＿＿＿＿

✌未來您是否願意收到相關書訊？□是　□否

✍感謝您寶貴的意見✍

印刷品

$3.5
請貼
3.5元
郵票

235 新北市中和區中山路二段366巷10號10樓

華文網出版集團　收

（典藏閣－不思議工作室）

竹某人◎著　MO子◎繪

芙蓉仙傳

元氣女仙我最嬌!!